Agnès Desarthe konnte bereits im zarten Alter von 22 Jahren ihr erstes Jugendbuch veröffentlichen. Sie wurde 1966 in Paris geboren, absolvierte eine Ausbildung zur Gymnasiallehrerin, heiratete und brachte fünf Romane, vier Bilderbücher und einen Sohn (in der Reihenfolge) zur Welt. Mit der gleichen umtriebigen Gelassenheit unterrichtet sie angehende Neuphilologen in Englisch, kocht daheim für sich und ihre Freunde und empfängt diese auf ihrem grünen Sofa, froh über jeden Vorwand, nicht am Schreibtisch oder am PC sitzen zu müssen.

Verliebt? Ich doch nicht! Julia interessiert sich nicht die Bohne für Jungs. Dafür findet sie sich zu häßlich, und der Grips, den sie hat, um den ihre Klassenkameraden sie beneiden, ist ihr herzlich egal. Daß aber nun ausgerechnet Paulus, der Klassenschönling, der Schwarm aller Mädchen, in sie verliebt sein soll, will ihr nicht in den Kopf.

»Julia läßt uns teilhaben an ihren seitenlangen kritisch-ernsthaften und ironisch-witzigen Gedankengängen ums Erwachsenwerden, an ihren pubertären Auseinandersetzungen mit der Mutter, aber auch an ihren ersten Liebeserfahrungen, der Zerrissenheit von Hoffnung und Abwehr. Sie schildert keine dramatischen Ereignisse, sondern Alltag und trifft haargenau den Ton und die Erlebnisse vieler Jugendlicher. Spannend und unterhaltend, unbeschwert, aber mit überdenkenswerten Ansichten – ein Leseförderungs-Titel.«

Bibliorama

»Daß es in der Familie knistert, weil der arbeitslos gewordene Vater Löcher in die Wand starrt und die darüber irritierte Mutter Julia die Betreuung ihrer kleinen Schwester aufhalst, ist bedeutungslos: Julia schwebt auf Wolken! Mitreißend gelingt es der Französin, das Seelenleben dieser sympathischen 14jährigen zwischen cooler Schnodderigkeit und verstörender Gefühlsintensität in einer lebhaft vorantreibenden, spritzigen Geschichte aufzuzeigen.«

EKZ-Informationsdienst

Agnès Desarthe

Verliebt? Ich doch nicht!

Aus dem Französischen
von Tilmann Kleinau

Fischer Taschenbuch Verlag

Fischer Schatzinsel
Herausgegeben von Klaus Humann

25.–29. Tausend: Oktober 1996

Veröffentlicht im Fischer Taschenbuch Verlag GmbH,
Frankfurt am Main, Mai 1995

Die französische Originalausgabe erschien 1991 unter dem
Titel ›Je ne t'aime pas, Paulus‹ bei L'École des Loisirs, Paris

Quellenhinweise s. S. 192
Lizenzausgabe mit freundlicher Genehmigung des
Spectrum Verlages, München
Für die deutschsprachige Ausgabe

Gesamtherstellung: Clausen & Bosse, Leck
Printed in Germany
ISBN 3-596-80060-9

Gedruckt auf chlor- und säurefreiem Papier

Verliebt?
Ich doch nicht!

1.

Das vergangene Jahr begann an dem Tag, als meine Mutter mir sagte:
»Ich verstehe dich nicht.«
Ich saß gerade an meinem Schreibtisch und arbeitete an einer französisch-lateinisch-griechischen Wörterliste, die ich dreifarbig auf den Spiralblock schrieb, den mir Tante Hilde aus Italien mitgebracht hatte. Ich hob nicht mal den Kopf. Meine Mutter redete weiter:
»Also, als ich so alt war wie du...«
Jedesmal wenn sie so anfängt, zucke ich vor Schreck zusammen – ob ich nun gerade fernsehe oder mit Johanna telefoniere. Selbst mitten in der Nacht, wenn ich im Traum in dem neuen, supermodernen Badeanzug aus dem Katalog über den Strand schlendere, mitten im schönsten Traum, auch über ein paar Meter Entfernung und durch die geschlossene Tür meines Zimmers hindurch, zucke ich unwillkürlich zusammen, wenn meine Mutter sagt: »Als ich so alt war wie du...«
Und jetzt hatte sie mich wieder drangekriegt. Ich warf den grünen Filzstift hin, trommelte mit den Fingern auf den Tisch und drehte mich um. Ich sah meine Mutter mit einem vernichtenden Blick an, umsonst. Sie ist

sehr stark. Sie sah mich mit ihren milden Rehaugen bloß an und sprudelte los: »Also wirklich, ich versteh' dich nicht. In deinem Alter war ich... na ja... viel romantischer. Ich hab' Gedichte geschrieben und ein Tagebuch geführt, wir Mädchen hatten so unsere kleinen Geheimnisse. Julia, du weißt doch, was ich meine: Jetzt bist du schon vierzehn und immer noch ohne Freund. Alle deine Schulfreundinnen lassen sich nach der Schule von ihren Freunden abholen, nur du nicht. Frau Toquet hat mir neulich erzählt...«

»Was kann ich dafür, daß diese Coralie Toquet so'n Flittchen ist und mit jedem 'rumzieht?«

»Na hör' mal! Jetzt werd' nicht vulgär, ja? Schließlich heißt Verliebtsein noch lange nicht... Also – ich versteh' dich nicht.«

Während sie das sagte, lief meine Mutter im Zimmer auf und ab; sie wurde immer gereizter. Ich fürchtete schon, sie würde jeden Augenblick mit einem »Was habe ich nur falsch gemacht?« in Tränen ausbrechen. Um das zu verhindern, wollte ich sie beruhigen und sie versichern, was für eine gute Tochter ich doch war.

Ich stand von meinem Stuhl auf, nahm ihre Hand und sah ihr fest in die Augen. Dann sagte ich im Ton eines Finanzministers:

»Mama, mach dir keine Sorgen, ich bin nicht lesbisch.«

Anscheinend war das die falsche Antwort – meine Mut-

ter wich entsetzt zurück und warf sich schluchzend auf mein Bett: »Mein Gott, womit habe ich das verdient?«
Wenn sie einen hysterischen Anfall hat, läßt man sie am besten in Ruhe. Also setzte ich mich wieder an den Schreibtisch und schrieb weiter an meinem Wörterverzeichnis. Aber es ist gar nicht so einfach, zu arbeiten, wenn die eigene Mutter jammernd neben einem auf dem Bett liegt. Auch wenn man weiß, daß sie es ausdrücklich darauf angelegt hat, mir die Laune zu vermiesen, und daß sie es war, die angefangen hat. Und das alles, wo ich doch gerade dabei war, mein dreisprachiges Wörterverzeichnis zu schreiben.
Zum Glück – oder leider, wie man's nimmt – kam nach knapp anderthalb Minuten mein Vater von der Arbeit heim. Als er meine Mutter schluchzen hörte, stürzte er – sofern man das mit hundertfünfzig Kilo kann – in mein Zimmer. »Was ist denn hier los?« schnaufte er.
»Deine Tochter...!« stöhnte meine Mutter.
»Meine Tochter – schließlich ist sie auch deine!«
Ich mußte darüber lachen, daß er sie ausgerechnet jetzt an die Gesetzmäßigkeiten der Zeugung erinnerte. Ich stellte mir vor, wie Mutter jetzt fragen würde: »Was meinst du damit, sie sei meine Tochter?« Und er darauf: »Erinnerst du dich nicht? Als ich mit meinem Samen in dich eindrang...« Leider war ich im Moment die einzige, die das komisch fand. Papa und Mama hin-

gegen hatten mal wieder – zum 400000sten Mal – eine ihrer täglichen Auseinandersetzungen.
»Es ist doch immer das gleiche mit dir!« rief meine Mutter. Kein Wunder, daß jetzt auch Vater laut wurde, denn Verallgemeinerungen wie dieses »immer« sind natürlich unfair.
Warum streiten Eltern eigentlich so oft? Das würde ich gern wissen. Schließlich tun das nicht nur meine Eltern, sondern praktisch alle. Das hat eine Umfrage in meiner Klasse ergeben. Wenn man sieht, wie nett und wie glücklich sie auf den Schwarzweißfotos in den Fotoalben aussehen, vielleicht auch noch den einen oder anderen vergilbten Liebesbrief entdeckt und dann sieht, was heute daraus geworden ist... Wieso ist zehn bis fünfzehn Jahre später alles so anders? Haben sie in Wirklichkeit schon immer schlecht zueinander gepaßt oder haben sie es satt, einander Tag für Tag zu sehen? Liegt es an den Kindern? Meine Eltern jedenfalls geraten sich fast immer meinetwegen in die Haare. Ich habe keine Erklärung dafür. Johanna hat beim Zahnarzt gelesen, daß es an dem eintönigen Sexualleben liegt, aber ich sehe da keinen Zusammenhang.
Als ihr Gezänk zu lautstark zu werden drohte, schob ich sie aus meinem Zimmer hinaus und machte mich wieder an die Arbeit, ganz cool. Bisher hatte ich immer geheult, wenn sie so heftig stritten, auch wenn ich das bescheuert fand und mir ihr Hickhack gleichgültig

war. Das ist einer der Gründe, glaube ich, warum das vergangene Jahr für mich eben an jenem Tag angefangen hat. Es war der 19. Dezember. Ich weiß, ein seltsamer Tag, um ein Jahr zu beginnen, aber es war so bei mir. Von diesem Tag an war nichts mehr wie früher.

In zwei Tagen sollte laut Kalender der Winter anfangen. Mir war allerdings jetzt schon sehr winterlich zumute – es regnete, stürmte und hagelte bereits zwei Monate. Richtiges Grippewetter. Ich hatte dauernd kalte Füße. Um den Streit mit mir wiedergutzumachen, kaufte mir meine Mutter am nächsten Tag ein Paar häßliche Stiefeletten mit Gummisohle.
»Darin kannst du prima laufen« , sagte sie.
Als ob ich dauernd laufen würde, dachte ich.
»Weißt du nicht, daß solche Stiefel sehr modern sind?« fragte sie schmeichelnd wie eine Fernsehansagerin.
Ich fand die Stiefel potthäßlich. Sie gingen mir kaum über den Knöchel, dabei stand ich auf richtige Reitstiefel, bis zum Knie, mit Ledersohlen, die knarren, wie im Film. Na ja, modern waren die Stiefeletten schon. Alles, was meine Mutter kauft, ist modern. Schließlich war sie früher mal Mannequin. Das war, bevor sie Vater kennenlernte. Ich habe Fotos von ihr gesehen. Sie war damals sehr hübsch. Ist sie auch heute noch. Alle meine Freundinnen beneiden mich um eine so gutaus-

sehende Mutter und meinen: »Mensch, das muß doch toll sein, eine so hübsche Mutter zu haben.«
Und ich möchte dann immer sagen: »Was hab' ich davon, daß sie gut aussieht? Meinetwegen kann sie häßlich sein wie eine Schildkröte, das ist mir doch vollkommen wurscht.«
Natürlich sage ich ihnen das nicht wirklich, sondern antworte nur: »Na ja, sie sieht nicht übel aus«, und zucke dabei lässig mit den Schultern.
Ich hatte keinen Bock, die Dinger in der Schule zu tragen, aber ich wußte, meine Mutter würde sich aufregen, wenn ich sie nicht anzöge. Also zog ich sie um des lieben Friedens willen an.
Aber wenn es Zoff geben muß, gibt es eben Zoff. Als ich mich am Morgen nach dem Streit mit meinen nagelneuen Stiefeln an den Frühstückstisch setzen wollte, merkte ich gleich, daß irgendwas nicht stimmte:
»Was ist denn das für ein Rock?« fragte meine Mutter, als sie mich 'reinkommen sah.
»Das ist mein rosa Rock«, antwortete ich achselzukkend.
»Also wirklich, Julia, das ist doch ein Sommerrock. Heute ist der 20. Dezember; so kannst du doch nicht aus dem Haus gehen!«
»Aber ich hab' doch eine wollene Strumpfhose drunter. Ich friere wirklich nicht.«

»Das hat doch nichts mit der Temperatur zu tun, mein Kleines – man trägt ganz einfach mitten im Winter keinen rosa Sommerrock. Das sieht unmöglich aus.«
»Papa«, bat ich meinen Vater flehentlich um Beistand, »findest du das etwa auch unmöglich?«
Zu meiner Überraschung sagte er: »Tu bitte, was deine Mutter sagt.«
So kann man sich irren! Dabei hätte ich wetten können, er würde meinen Aufzug in Ordnung finden, die beiden würden darüber zu streiten anfangen, und ich könnte derweil unbehelligt in diesem Aufzug in die Schule marschieren. Für gewöhnlich konnte ich nach dem Motto: »Spieglein, Spieglein an der Wand, wer ist die Schönste, Beste, Liebste im ganzen Land?« immer auf Vater zählen. Er mochte mich so, wie ich war, als Kind betete ich ihn an. Nun, das war vorbei. Trotzdem traf mich seine kühle, lieblose Antwort wie ein Schlag.
Papas lakonische Antwort plättete meine Mutter ebenso wie mich. Es herrschte erstauntes Schweigen am Tisch. Schließlich sagte ich:
»Also, bis heute abend.«
Ich erhielt keine Antwort, schlich auf Zehenspitzen hinaus und schloß sanft die Tür hinter mir. Ich wollte meine Eltern in ihrer meditativen Ruhe nicht unnötig stören.

Wie immer kam ich zwanzig Minuten zu früh. Ich tue das nicht absichtlich, es ist einfach so, daß mein Zeitgefühl und die tatsächlich verrinnende Zeit nie übereinstimmen. Vergeblich rechne ich mir jeden Morgen aus, wieviel Zeit ich brauche: zehn Minuten Anziehen, fünf Minuten Waschen, eine Viertelstunde Schulweg. Frühstück fällt bei mir an Schultagen flach. Das macht genau eine halbe Stunde. Trotzdem stehe ich automatisch eine volle Stunde vor Schulbeginn auf. Meine Mutter meint, ich hätte ständig Angst, zu spät zu kommen. Ich bin mir da nicht so sicher. Normalerweise ist noch niemand da, wenn ich komme. An solchen Tagen setze ich mich in den Pausenhof und denke an alles mögliche. Doch heute wartete Johanna an der Treppe auf mich.

Ich sagte: »Morgen, was machst du denn schon hier?«

»Ich muß mit dir sprechen«, sagte Johanna so verschwörerisch wie Mata Hari.

»Ist es was Schlimmes?« fragte ich leicht beunruhigt. (Johanna kam sonst fast immer zu spät.)

»Nein, aber es ist sehr wichtig.«

Ich setzte mich neben sie auf die Treppe, umarmte sie freundschaftlich und sagte: »Also los, spuck's aus!«

»Tja, das ist so... Martin hat gesagt, daß Paulus in dich verliebt ist.«

»Was? Paulus, dieser Schönling?«

»Genau.«
»Glaub' ich nicht.«
»Aber Martin hat es mir doch erzählt!«
»Und woher will der das wissen?«
»Weil Paulus es selbst zugegeben hat.«
»Also, ich kann das immer noch nicht glauben.«
»Julia, du bist komisch. An deiner Stelle wäre ich jetzt total happy.«
»Jetzt will ich dir mal was sagen: Erstens bist du nicht an meiner Stelle. Zweitens ist Paulus ganz bestimmt nicht in mich verliebt. Ich trage eine Brille, hab' rote Flecken im Gesicht, bin ansonsten kreidebleich und laufe wie ein Penner rum.«
»Ach was, stimmt ja gar nicht! Außerdem bist du superintelligent, du bist die Beste in der ganzen Klasse, auf der ganzen Schule!«
»Das klingt ja wie in ›Dallas‹, so nach dem Motto: ›Er liebt dich doch nur des Geldes wegen...‹«
»Keine Ahnung, was du meinst.«
»Johanna, dein Problem ist, daß du's eben nicht blickst.«
»Es kann ja nicht jeder ein As in Latein, Mathe und Griechisch sein und dazu noch den Großen Brockhaus auswendig können wie du.«
»Na ja, lassen wir das. Ich bin eben häßlich wie die Nacht und du dumm wie Bohnenstroh. Das gleicht sich aus, würde ich sagen.«

»Blöde Ziege.«
»Also, jetzt bin ich eine blöde Ziege, ja? Du hast doch mit den Frechheiten angefangen. Anstatt mir zu sagen, daß ich gut in der Schule bin, hättest du mir ja auch sagen können, daß ich nicht schlecht aussehe. Aber nein...«
»Bist du mal wieder ätzend heute morgen. Wohl mit dem falschen Fuß zuerst aufgestanden, was?«
»Nein, aber deine Geschichten gehen mir auf den Keks. Paulus hat diesem Martin irgend 'nen Quatsch erzählt, und wir müssen uns jetzt wegen so einem Blödsinn streiten.«
»Magst du 'ne Zigarette?«
»Ja, gern.«
»Ich dachte, du rauchst nicht?«
»Und warum fragst du dann, ob ich eine mag?«
»Na ja, einfach so.«
»Also, wenn du bloß so fragst, dann behalt sie. Ich mag den Gestank sowieso nicht.«
Johanna zündete sich eine Zigarette an; währenddessen trudelten die anderen aus der Klasse ein.
Als ich Paulus kommen sah, stand ich auf und ging schnell eine Treppe höher. Auch wenn ich Johannas Story nicht glaubte, wollte ich ihm jetzt nicht plötzlich gegenüberstehen.
Schlecht sah er wirklich nicht aus, dieser Paulus. Mir gefiel auch sein Name. Paulus, Paulus Stern – das

klang schön und interessant, fand ich. Alle Mädchen im Gymnasium, sogar die aus der Abiturklasse, schwärmten für ihn. Mir war er an sich gleichgültig, denn erstens glaubte ich Johannas Märchen nicht, und zweitens endete doch jede Romanze damit, daß man sich fünfzehn Jahre später nur Gemeinheiten an den Kopf warf, und das war nicht der Mühe wert. Und drittens – da hatte meine Mutter wohl recht – hielt ich nicht viel von Gefühlen. Ich war noch nie in jemanden verliebt gewesen – außer mit vier, in der Vorschule. Der Junge hieß Karim Djélouli. Ich weiß es noch wie heute: Vom ersten Tag an liebte ich ihn, denn er war hübsch und intelligent und hatte eine sanfte Stimme. Als er mir im Mädchenklo erklärte, wie man Kinder macht, küßte er mich auf die Stirn. Wir hätten beide allen möglichen Schweinkram anstellen können, aber das war nicht seine Art. Statt dessen sagte er damals: »Wenn wir größer sind und uns wiedersehen, möchte ich ein paar Kinder mit dir kriegen – abgemacht?« Im Jahr darauf kam er in die Schule, und ich wartete nachmittags nach der Vorschule immer auf ihn, um Kinder mit ihm zu machen. Aber ich sah ihn nie wieder. Selbst in der ersten Klasse suchte ich manchmal am Ausgang nach ihm, aber er muß wohl mit seiner Familie in ein anderes Viertel gezogen sein. Inzwischen habe ich es aufgegeben, auf ihn zu warten, und als mir Johanna nun sagte, Paulus sei in mich verknallt, machte mir das

nichts aus, denn ich liebte Paulus nicht. Ich dachte, es gibt nur Liebe auf den ersten Blick – oder gar keine.
Johanna setzte sich an diesem Tag im Unterricht nicht neben mich, weil sie wütend auf mich war. Statt dessen saß ich neben Coralie Toquet, dem Flittchen.
Wir hatten Englisch, und die Lehrerin, Madame Marcel, versuchte uns den Unterschied zwischen »since« und »for« zu erklären. Ich war gerade dabei, die Frage »How long have you been studying English?« zu beantworten, da flog ein Papierkügelchen in mein Federmäppchen. Madame Marcel freute sich über meine richtige Antwort, die hinteren Reihen haßten mich dafür, und während ich noch unter diesen widersprüchlichen Eindrücken stand, wickelte ich das Papierkügelchen heimlich unter der Bank aus. Ich las:
»Paulus schaut dich unentwegt an. Johanna«
So ist das mit diesen kleinen Botschaften – man fängt mit zwei Zeilen an, und bis die Stunde um ist, werden halbe Romane daraus. Johanna blieb bei ihrer Behauptung, Paulus schaue ständig zu mir herüber, und ich versuchte, ihr das Gegenteil zu beweisen. Immer wenn ich mich kurz umdrehte, um zu überprüfen, ob er mich wirklich anstarrte, vergrub er seine Nase im Buch. Auch wenn Johanna mir -zigmal versicherte, er sähe immer zu mir herüber, sobald er sich unbeobachtet glaubte. Ich schrieb zurück, sie solle mich mit dem Blödsinn in Ruhe lassen. Wir wechselten also das

Thema und verbrachten den Rest der Stunde mit einer ausgiebigen Papierkügelchen-Korrespondenz, die durch den bereitwilligen Einsatz der beiden Reihen zwischen uns ermöglicht wurde.

Für die Dauer der nächsten Unterrichtsstunde ruhte die Korrespondenz. Wir hatten Mathe, mein Lieblingsfach, bei Madame Lavis, meiner Lieblingslehrerin.

Während ich an der Tafel eine Gleichung mit zwei Unbekannten löste, fragte Madame Lavis, ob jemand frisches Wasser für den Schwamm holen könne. Als sich Martin meldete, fragte ihn die Lehrerin:

»Meinen Sie nicht, Herr Leblanc, es wäre besser für Sie, die Übung hier bis zum Ende mitzuverfolgen?«

»Na ja, schon«, entgegnete er, »aber wenn ich den Schwamm naß mache, kann ich doch auch gleich...«

Die Klasse brach in Gelächter aus, wie fast immer, wenn Martin den Arm hob – er war für seine Sextanerblase bekannt.

»Gut« , sagte Madame Lavis, »also gehen Sie. Der Körper verlangt seinen Tribut, wie man so sagt...«

Martin erhob sich und nahm den Schwamm vom Lehrerpult; dabei steckte er mir vor dem Hinausgehen noch schnell einen Zettel zu. Ich schrieb währenddessen meine Gleichung an der Tafel fertig, und Madame Lavis meinte:

»Nicht die übliche Art, eine Gleichung zu lösen, aber durchaus originell. Sie können sich wieder setzen, Julia. Ich wiederhole es noch einmal für die Klasse.«
Erneut schlug mir der Haß aus der letzten Reihe entgegen. Ich kehrte an meinen Platz zurück und entfaltete den kleinen Zettel, den mir Martin gegeben hatte. Nicht nur seine Sextanerblase war typisch für Martin Leblanc – nein, auch seine unleserliche Handschrift, ein Mittelding zwischen Fliegenschissen und chinesischen Schriftzeichen. Als er wieder an seine Bank zurückging, drehte ich mich zu ihm um. Meine hochgezogenen Augenbrauen deuteten an, daß ich sein Geschreibsel nicht verstand. Also sprach er lautlos, damit ich von seinen Lippen ablesen könne. Erst verstand ich nichts. Dann sprach er deutlicher, und ich bekam zumindest das erste Wort mit: RENDEZ-VOUS. Angestrengt versuchte ich, den ganzen Satz zu verstehen, da bemerkte ich, wie Paulus – er saß zwei Plätze neben mir – mich anstarrte. Ich zitterte, mein Hals war wie zugeschnürt.
»Haben Sie noch irgendwelche Fragen zu der Gleichung, Leblanc«, unterbrach die Lehrerin Martins Versuche in der Lippensprache, »oder ist das mal wieder eine Ihrer Unpäßlichkeiten?«
»Nein, alles in Ordnung, Madame«, antwortete er. »Ich wollte Julia nur sagen, daß ich sie nachher vor dem Lehrerzimmer treffen möchte.«

Madame Lavis konnte ein Grinsen nicht unterdrükken. Sie fragte:
»Haben Sie einander sonst noch etwas Wichtiges mitzuteilen, oder kann ich jetzt endlich mit dem Unterricht fortfahren?«
Alle lachten; ich hingegen wäre am liebsten mit meinen neuen Stiefeln im Erdboden versunken.
Zwanzig Minuten nach zwölf traf ich Martin vor dem Lehrerzimmer.
Ich schimpfte: »Du hast wohl 'ne Meise, was? Die Lavis glaubt jetzt bestimmt, wir hätten was miteinander.«
»Na und? Ist dir wohl unangenehm, wenn sie denkt, ihre Lieblingsschülerin hätte was mit der größten Niete der Klasse?«
»Ach Quatsch, darum geht's doch gar nicht. Was wolltest du denn eigentlich?«
»Dir etwas ausrichten.«
»So? Und von wem, wenn ich fragen darf?«
»Von Stern.«
»Warum kann er mir das nicht selber sagen, der Herr Stern?«
»Dazu ist er zu schüchtern. Er liebt dich. Er hat ein Gedicht für dich geschrieben – so was wie ›Augen, die mein Leben vergiften...‹ oder so...«
»Wie? ›Augen für die mein Leben sich dem Gifte weiht‹?«

»Ja, Mensch, genau. Woher weißt du...?«
»Dieser Angeber! Das Gedicht soll von ihm sein? Von wegen! Es sind die ›Herbstzeitlosen‹ von Apollinaire. Das ist ja wohl die Höhe – schmückt sich der Kerl mit einem Gedicht, das er weder selbst geschrieben hat, noch mit seinem bißchen Grips jemals schreiben könnte!«
»Nun sei doch nicht gleich sauer. Ich glaub', ich hab' mich geirrt. Was weiß denn ich, ob er's selbst geschrieben hat oder nicht. Ich weiß nur, daß er mir neulich ein Gedicht vorgelesen hat und gesagt hat, dabei müsse er immer an dich denken.«
»Du kannst dir deine Lügengeschichten und diesen ganzen Quatsch sparen. Und du kannst ihm sagen, deinem tollen Freund, daß er mir mitsamt seinen Gedichten den Buckel runterrutschen kann.«
»Das ist aber gar nicht nett von dir.«
»Hab' auch gar keine Lust, nett zu sein. Ich bin weder nett noch hübsch, noch klug, noch sonstwas. Ich versteh' sowieso nicht, wie der ausgerechnet auf mich kommt. Es gibt doch in dieser blöden Penne genug Weiber, die auf ihn fliegen – soll er doch eine von denen nehmen.«
Martin zog es vor, darauf lieber nicht zu antworten. Aber er tippte sich an die Stirn, als wolle er sagen: »Die spinnt doch.«
Mittags in der Schulkantine setzte ich mich zwischen

Coralie-das-Flittchen und Nadine-die-ach-so-Vernünftige – zur Strafe, aber auch, um Ruhe zu haben. Nadine hat bei mir den Beinamen »die-ach-so-Vernünftige«, weil alles, was sie sagt, so spießig-vernünftig klingt, daß man's kaum aushält. Es gab Karottengemüse, und das war nun wirklich nichts Besonderes. Aber Nadine mußte natürlich gleich ihren Spruch dazu loswerden: »Hier – das ist gut für die Augen.«
Und dann, nach dem Essen – während dem sie mich Gott sei Dank mit ihren Reden verschont hatte –, fragte sie mich:
»Weißt du, warum Madame Gobelin ständig in Schwarz rumläuft?«
»Nein«, antwortete ich interessiert, aber im selben Moment tat es mir schon leid.
»Weil sie ihren Mann verloren hat. Dabei ist das jetzt schon zehn Jahre her. Ist doch seltsam, nicht? Also ich finde, das macht ihn auch nicht wieder lebendig.«
»Ja, du hast recht, Nadine«, sagte ich, ohne aufzusehen. »Das macht ihn auch nicht wieder lebendig.«

Am Nachmittag hatten wir frei. Zu Hause ging ich gleich an mein Bücherregal und schlug Apollinaires Gedichtband »Alkohol« auf. Auf Seite 33 stand das Gedicht »Die Herbstzeitlosen«; ich las es etwa zwanzigmal und das Ende der ersten Strophe vielleicht fünfzigmal. Es ging so:

Die Herbstzeitlosen blüh'n wie Augenringe blau
und Flieder Deinen Augen gleichen sie genau
Bläulich wie ihre Schatten wie die Herbsteszeit
Augen für die mein Leben sich dem Gifte weiht.

Ich dachte: Wenn Paulus Stern so etwas wirklich dichten könnte, dann hätte ich mich bestimmt in ihn verliebt.

Das geschlossene Buch lag noch auf meinem Schoß, da kam meine Mutter plötzlich rein. Sie wußte gleich, was Sache war.

»Oh, meine Tochter gibt sich der Poesie hin?« fragte sie mit einem wissenden, komplizenhaften Grinsen.

»Klar, das lesen wir gerade in Französisch. Jeder muß bis morgen ein Gedicht auswendig lernen.«

»Was, in der achten Klasse lernt ihr noch Gedichte auswendig?« meinte sie, und es war klar, daß sie mir kein Wort glaubte.

»Na ja, es ist eine Strafaufgabe.«

»Und welches Gedicht hast du dir ausgesucht?« fragte sie honigsüß.

»Ich habe mich noch nicht entschieden.«

»Ich finde, du solltest ›Die Herbstzeitlosen‹ nehmen. Das ist eins der schönsten Gedichte von Apollinaire.«

Warum mußte sie mir alles verderben? Jetzt, wo ich wußte, daß es ihr Lieblingsgedicht war, mochte ich das

Gedicht gleich viel weniger. Warum durfte ich nicht meine kleinen Geheimnisse haben? Ich sah sie an und sagte ziemlich ungehalten: »Aus den ›Herbstzeitlosen‹ mache ich mir nichts. ›Der Tintenfisch‹ gefällt mir besser. Soll ich ihn dir mal vorlesen?«
»Ja, Liebes.«

Der Tintenfisch –
Wer spritzt die Tinte himmelweit.
Saugt Blut aus allem, was er liebt,
Und schwelgt dabei in Seligkeit?
Ich – schlimmster Unmensch, den es gibt.

Das Gesicht meiner Mutter wurde immer länger. Sie sagte: »Ich weiß nicht, ob es an deiner Pubertätskrise liegt, aber mit dir wird es immer schlimmer.«
»Was heißt hier Pubertätskrise – ich hab' gar keine Krise. Dann schon eher du, glaube ich. Was hast du denn jetzt schon wieder an mir auszusetzen?«
»Daß du so stur bist und daß du niemanden wirklich magst. Du zeigst kein Interesse an anderen, bist egoistisch und gefühllos ...«
»Und die Beerdigung von Tante Gilda neulich, war ich da auch gefühllos?« fing ich plötzlich an zu schluchzen. »Hab' ich da vielleicht nicht geweint? Ich hab' sie gern gehabt, die Tante Gilda, mehr als Vater und du, mehr als alle anderen.«

Ich rannte hinaus und schlug die Tür hinter mir zu.
Um mich zu beruhigen, sperrte ich mich im Badezimmer ein. Ich drückte gerade ein Paar Socken aus, die meine Mutter im Waschbecken eingeweicht hatte, da drang Judiths Stimme durch die Tür. Ich hatte sie wie so oft vergessen. Meine Mutter meint, das käme daher, weil ich bei ihrer Geburt sehr eifersüchtig auf Judith war.
»Spielst du Kaufladen mit mir?« fragte Judith.
Früher hatte sie gelispelt, jetzt, seit sie zur Logopädin ging, zischelte sie.
»Nein, dafür bin ich zu alt«, antwortete ich unwirsch, ohne die Tür zu öffnen.
»Ach komm, ist ja nur für 'n paar Minuten, ja? Oder spielen wir ›Was essen wir heute?‹«
»Was essen wir heute?« war unser Lieblingsspiel. Judith und ich hatten es selbst erfunden, sobald sie sprechen konnte. Es war ganz leicht. Jede fragte die andere abwechselnd: »Was essen wir heute?«
Man antwortete, was einem gerade so einfiel, stundenlang. Das hört sich natürlich langweilig an, ist aber, wenn man's selber spielt, doch ganz interessant. Selbst mit vierzehn Jahren und obwohl ich für mein Alter schon weit war, konnte ich mich dem Reiz dieses Spiels nicht entziehen.
»Also gut«, sagte ich. »Aber nur fünf Minuten, nicht mehr.«

Ich öffnete die Badezimmertür, und Judith strahlte mich mit ihren Zahnlücken an. Damals verlor sie so ungefähr zehn Zähne in der Woche. Sie setzte sich auf den gefliesten Boden und fröstelte ein bißchen.
»Komm, setz dich auf die Badematte«, sagte ich, »du frierst dir sonst den Hintern ab.«
»Mama sagt, ich soll mich da nicht draufsetzen, weil der Badezimmerteppich schmutzig ist.«
»Sag mal, glaubst du alles, was deine Mutter sagt?«
Natürlich war es unfair von mir, ihr diese Frage zu stellen, aber Judith konnte einen mit ihrer Besserwisserei ganz schön nerven.
»Klar, Mama sagt immer die Wahrheit.«
Ich wollte ihr ihre Illusionen nicht rauben, daher wechselte ich lieber das Thema:
»Also, was essen wir heute?«
»Bratwurst, Kartoffelpüree, Salat und Pudding.«
»Ach, du sagst ja immer dasselbe. Kannst du nicht mal was Ausgefalleneres vorschlagen?«
»Nein«, antwortete Judith, »will ich nicht. Also, was essen wir heute?«
»Wir essen... äh... Ach, mir fällt nichts ein. Eigentlich ist mir eher zum Kotzen zumute.«
Judith sah aus, als wollte sie jeden Moment laut losheulen. »Ist ja gar nicht wahr«, stieß sie mit zittriger Stimme hervor, »das sagst du nur, um mich zu ärgern.«

»Nein, ich schwöre dir, es stimmt«, antwortete ich. Es stimmte tatsächlich: Ich hatte gerade noch Zeit, das Paar Socken aus dem Waschbecken in die Badewanne zu werfen, da mußte ich mich auch schon heftig übergeben.

Judith heulte jetzt wirklich und rief:

»Mama, Mama, Julia kotzt ins Waschbecken.«

Meine Mutter eilte herbei.

»Du hättest doch wirklich das Klo nehmen können«, sagte sie, die als gute Hausfrau zuallererst an die Hygiene dachte.

Ich hob den Kopf und wischte, um sie zu ärgern, meine bespuckte Hand am Pulli ab.

»Das hab' ich doch nicht absichtlich getan – das war ein Notfall.«

Sie trat dicht an mich heran und flüsterte:

»Ich hoffe doch, du bist nicht schwanger?«

»Ich und schwanger?« antwortete ich etwas zu laut. »Ich hab' ja noch nicht mal einen Jungen geküßt.«

Prompt kassierte ich eine Ohrfeige.

»Sag so was nicht so laut in Gegenwart deiner kleinen Schwester! Verstanden?«

Immer noch preßte sie die Lippen zusammen. Ich reinigte das Waschbecken, wusch mich und ging wortlos und ohne mich umzudrehen in mein Zimmer.

Vergeblich wartete ich darauf, eine heiße Zitrone ans Bett gebracht zu bekommen. Judith hatte Durst, Vater

kam von der Arbeit heim – alles andere schien meiner Mutter wichtiger zu sein. Da klingelte plötzlich das Telefon.
Bis dahin lief alles wie immer. Mutter rief mir aus dem Nebenzimmer zu:
»Julia, Telefon für dich!«
Auch das war nichts Besonderes. Ich ging also vom Bett aus ins Wohnzimmer und nahm ab.
»Hallo, ich bin's, Johanna.«
Auch nichts Besonderes. Johanna ruft schließlich fast jeden Tag an.
»Hallo, Johanna, wie geht's?«
»Gut, und dir?«
»Eher mies. Ich hab' gerade das komplette Kantinenessen von mir gegeben.«
»Warte mal, leg nicht auf.«
Das macht Johanna öfters. Sie ruft an, und nach wenigen Worten läßt sie mich am Telefon sitzen, während sie sich eine anzündet. Ich werde nie begreifen, warum sie das nicht schon vorher tun kann. Als ich sie einmal danach fragte, sagte sie: »Das wäre doch nicht cool!« Aber da war sie gerade besonders schlecht drauf gewesen. Ich glaube nicht, daß sie das wirklich denkt.
»Hallo?« rief jemand, der nicht Johanna war, in den Hörer.
»Hallo, bist du's, Bertrand?« fragte ich zurück.

Ich weiß nicht, warum – jedenfalls war ich sicher, es wäre Bertrand, Johannas großer Bruder. Er ist Lastwagenfahrer, und ich verstehe mich sehr gut mit ihm. Daher erzählte ich ganz unbefangen, daß ich erbrochen hatte und daß meine Mutter mich verdächtigte, schwanger zu sein – ich wußte, er konnte sich über so was totlachen. Aber die erwartete Reaktion blieb aus. Funkstille. Allmählich kamen mir Zweifel, ob ich auch tatsächlich mit Bertrand gesprochen hatte.

»Bertrand? Hallo, Bertrand?« fragte ich verunsichert.

Am anderen Ende der Leitung räusperte sich jemand verlegen.

»Julia? Hier ist Paulus Stern.«

Von jetzt an brachte ich keinen Ton mehr raus. Meine Kehle war wie zugeschnürt, mein Magen hob sich, und ich hatte erneut das Bedürfnis, mich zu entleeren. Ich legte auf und rannte ins Bad.

Ich hatte nichts mehr im Magen, was ich von mir geben konnte, also weinte ich. Und dafür hatte ich, wie ich fand, ein Dutzend guter Gründe: meine Scham, meine Mutter, den Badezimmervorleger, die Bratwürste, meinen Vater. Und die sattsam bekannten, immer wieder aufgewärmten: Ich bin häßlich, ich habe nie einen Jungen auch nur geküßt, die ganze Klasse kann mich nicht leiden, und viele, viele andere. Kurzum, ich fiel in ein tiefes, schwarzes Loch. Und das war nicht weiter verwunderlich: In meiner augenblicklichen Lage konnte ich nur schwarzsehen!

2.

Ich hatte mich hingelegt, und anstatt zu schlafen, schaute ich nun schon zum achtenmal auf meinen Wecker. Dreiviertel zwei. Das letztemal, als ich auf die Uhr gesehen hatte, war es 42 Minuten nach zwei gewesen, also drei Minuten früher. Die Zeit schritt langsam, aber unaufhaltsam voran. Je später es wurde, desto weniger wußte ich eine Antwort auf meine Frage: Was tun? Wie sollte ich morgen den anderen aus der Klasse in die Augen sehen?

Schon oft hatte ich mir ausgedacht, wie es wäre, mal eine Nacht nicht zu schlafen. Um drei Uhr morgens, wenn das ganze Haus in einen tiefen Schlaf versunken war, würde ich mir in der Küche ein Käsebrot machen, es im Wohnzimmer verspeisen und dazu ohne Ton den Film »Jenseits von Eden« auf Video sehen. Danach, so gegen sechs, würde ich mir mit einer dreifachen Dosis von Mamas Schaumbad, das ich nie benutzen darf, weil es, wie sie sagt, in meinem Alter eine Verschwendung ist, ein heißes Bad einlassen.

Der Gedanke gefiel mir. Aber diese Nacht verlief ganz anders. Erstens, weil ich diesmal tatsächlich nicht einschlafen konnte, zweitens, weil das Leben nicht so ist,

wie man es sich gutgelaunt kurz vorm Einschlafen vorstellt.
Die Wirklichkeit sieht eher so aus: Man schleicht in die Küche, um sich ein Käsebrot zu machen, und trifft dort auf einen Vater, der sich gerade eine Dose Hühnerfrikassee warm macht. Man schämt sich für ihn mit seinen hundertfünfzig Kilo. Man fragt sich zum hundertstenmal, warum Mutter ihn eigentlich geheiratet hat. Damals war er zwar noch nicht so fett wie heute, aber schon ein bißchen dicklich und nicht gerade eine Schönheit, während Mama für Modezeitschriften und Versandhauskataloge Modell stand. Gerade macht man sich's im Wohnzimmer gemütlich und sieht sich »Jenseits von Eden« an, da kommt Mutter hereingeschneit (»Meine Migräne, weißt du, ich kriege heute nacht kein Auge zu!«). Statt daß sie einen in Ruhe den Film sehen läßt, fängt sie schon wieder an, von Apollinaires »Herbstzeitlosen« zu schwärmen. Dabei fährt sie einem mit ihren eingecremten Händen, die so stinken, daß einem schlecht werden könnte, durchs Haar und sagt:
»Ein herrlicher Film, nicht wahr, Liebes? Als ich ihn das erstemal sah, habe ich stundenlang geweint.«
Um das Maß voll zu machen, kommt auch noch Judith ins Bad. Sie hat vergessen, abends vor dem Schlafengehen Pipi zu machen, und erscheint just in dem Moment, als man Mutters Schaumbad in die Wanne gießt.

Sie schaut einen mit ihren großen Fischaugen vorwurfsvoll an und sagt: »Du hast Mamas Schaumbad genommen!«, so, als hätte man den Heiligen Gral geklaut.

Angesichts der erdrückenden Beweise bleibt einem nichts anderes übrig, als sich ihr Stillschweigen zu erkaufen – mit dem Versprechen, eine Woche lang jeden Abend mit ihr »Einkaufen« zu spielen.

Auf jeden Fall war es nicht der Mühe wert, sich das alles vorzustellen, denn im wirklichen Leben lag ich reglos im Bett, unfähig, auch nur den kleinen Zeh zu rühren, und starrte auf die Flüssigkristallanzeige meines Radioweckers. In etwas über sechs Stunden würde ich Paulus gegenüberstehen! Ich war vor Angst wie gelähmt.

Was sollte ich tun? Lösung Nummer eins: Mich krank stellen und den ganzen Tag im Bett bleiben. Da ich gestern nachmittag gekotzt hatte, würden sie es mir wohl abnehmen. Aber auf diese Art wäre das Problem nur aufgeschoben, nicht gelöst; außerdem schrieben wir heute von neun bis elf eine Mathearbeit, und die zu schwänzen war für mich undenkbar.

Lösung Nummer zwei: Hingehen und zu Paulus sagen: »Tut mir leid wegen gestern. Ich hab' dich für jemand anderen gehalten. Und daß man mal kotzen muß, ist doch völlig normal und gut für die Gesundheit – kein Grund zur Aufregung.«

Überflüssig zu sagen, daß das noch unmöglicher war als die erste Lösung. Ich traute mich nicht, so was zu einem Jungen zu sagen, den ich kaum kannte, außerdem ist Kotzen gar nicht gut für die Gesundheit. Und schließlich muß ich zugeben, daß ich schon vorher bei seinem bloßen Anblick in Ohnmacht gefallen wäre – nicht weil er so tolle Augen hat, sondern aus Scham.
Lösung Nummer drei: Schlafen und die ganze Angelegenheit auf morgen verschieben.
Ich wählte die dritte Lösung. Trotzdem ist es sinnlos, schlafen zu wollen, wenn man nicht schlafen kann. Als ich das letztemal auf den Wecker sah, war es fünf Minuten vor vier. Der Wecker klingelte um halb acht. Ich fühlte mich, als hätte mir jemand mit dem Hammer auf den Schädel gehauen. Ich bekam kaum die Augen auf. Meine Kehle war trocken, die Haut schweißnaß. Ich richtete mich auf und sah einige Bilder meines letzten Traums vor mir. Es war ein fader, nur allzu bekannter Traum: Ich gehe ohne Unterhose zur Schule. Das träumte ich damals fast alle vier Wochen, und ich schämte mich deswegen, weil ich fand, daß dieser Traum kindisch und eines Menschen über sieben nicht würdig war. Ich stand vor dem Kleiderschrank. Zu der Frage, wie ich mich heute in der Schule verhalten sollte, kam die Frage: Was anziehen nach diesem peinlichen Vorfall? Also, zuerst mal eine Unterhose, damit dieser blöde Traum nicht wahr wird. Dann einen Bü-

stenhalter Größe 75-A, den mir meine Mutter unbedingt hatte kaufen wollen und den zu tragen ich mich bis heute mit derselben Sturheit geweigert hatte. Ich dachte mir: Das hilft vielleicht. Nicht, daß ich über Nacht vom Bügelbrett zur Marilyn Monroe geworden wäre, aber ein BH hatte für mich so etwas Weibliches, Seriöses, Verantwortungsbewußtes – kurz, alles, was ich in Wahrheit nicht war. Ohne mich näher im Spiegel zu betrachten, streifte ich schnell den BH über. Und als hätte ich schon genug Zeit mit dem Aussuchen der Unterwäsche vertrödelt, griff ich wahllos nach Jeans und Pullover.

Als ich kurz in die Küche kam, um mich von meinen Eltern zu verabschieden, verzog meine Mutter enttäuscht das Gesicht und meinte: »Warum ziehst du dich nicht besser an, Julia? Dabei könntest du so nett aussehen...«

Im stillen antwortete ich: SCHEISSE.

»Und spar dir bitte deine Grobheiten!« setzte sie laut hinzu.

Ich hätte zu gern gewußt, wie sie das machte: sogar die Wörter zu verstehen, die ich gar nicht aussprach. Vielleicht fand sie genau wie ich, daß man auf ihre Bemerkung nur mit SCHEISSE antworten konnte? Andererseits traute ich ihr soviel Fähigkeit zur Selbstkritik nicht zu und neigte eher dazu, ihre Treffsicherheit für eines ihrer seltsamen Zauberkunststücke zu halten.

Mein Vater sagte wieder mal nichts und saß nur traurig da, beide Hände über dem Bauch verschränkt, wie eine Schwangere, die simuliert.
Allerdings simulierte er nicht, er litt wirklich. Ich sah Süßstoff anstelle von Zucker auf dem Küchentisch stehen. Ich wollte ihn fragen, ob er wieder mal auf Diät gesetzt sei, aber ich bekam Angst, er würde gleich zu heulen anfangen, so traurig stierte er vor sich hin.
Auf einmal kam Judith in die Küche gerannt. Mit einer Stimme so zwischen Michel Simon und Marlene Dietrich näselte sie:
»Butter, ich bid krabk.«
Es war nicht zu übersehen. Sie hatte alle Symptome einer schlimmen Erkältung: eine verstopfte Nase, eine um zwei Oktaven tiefere Stimme, rote Augen mit dunklen Ringen drum herum und eine schweißnasse Stirn.
Augenblicklich kam mir in den Sinn, wie ungerecht das Leben doch war: Ausgerechnet Judith, die es gar nicht nötig hatte, war krank. Dabei konnte sie heute wie an jedem anderen Tag ohne Angst zu haben in ihre erste Klasse gehen. Und ich, die ich mir die ganze Nacht den Kopf darüber zermartert hatte, wie ich es anstellen könnte, nicht in die Schule zu müssen, war natürlich gesund!
Kraftlos stand ich auf und ging, ohne mich von meinen Eltern zu verabschieden. Mutter nahm sowieso keine

Notiz mehr von mir, seit ihr krankes Nesthäkchen aufgetaucht war. Diesmal schlug ich nicht einmal die Tür hinter mir zu.
Ich wußte: Wenn es mir gelang, durch die Pausenhalle ins Gymnasium zu kommen, ohne Paulus zu begegnen, hatte ich eine Stunde lang Ruhe. Wir hatten nämlich von acht bis neun Uhr Sport, Jungen und Mädchen getrennt. Da ich wieder mal zwanzig Minuten zu früh dran war, traf ich außer der Hausmeisterin auf keine Menschenseele.
Mit großen Schritten ging ich die Flure entlang zur Umkleidekabine. Keiner da. Ich setzte mich auf die Treppe, die zur Turnhalle führte.
Jetzt bloß nichts denken – oder meinetwegen an die gleich nach dem Turnen bevorstehende Mathearbeit, an den Hunger in der Welt oder ein anderes, ebenso weit entferntes Thema, alles, bloß nicht an mich selbst, die Schule oder Paulus. Aber denkste – meine Gedanken kreisten ständig um dieses blöde Telefongespräch gestern und darum, was ich in einer Stunde tun sollte. Das war noch nicht alles – sobald ich mich abzulenken versuchte, merkte ich, daß mir der verdammte Büstenhalter wie ein Messer in den Rücken schnitt. Fünf Minuten später juckte es überall. Es kam mir vor, als hätte ich ein Schild um: Sie trägt einen BH! Ich schämte mich und hätte das Ding gern abgelegt, aber wer weiß, vielleicht kam gerade in diesem Augenblick jemand

zur Tür rein ... Was, wenn eine Mitschülerin oder die Turnlehrerin mich halb nackt, wie ich am Gummi meines Büstenhalters zog, sehen würden? Ich nahm mich also zusammen und beschloß, dieses Martyrium wohl oder übel den ganzen Tag auszuhalten.
Nadine-die-ach-so-Vernünftige kam als erste nach mir in die Umkleidekabine. Natürlich hatte sie ihren Trainingsanzug schon an, um nicht unnötig Zeit mit dem Umziehen zu verlieren. Leider habe ich nie den Mut gefunden, ihr zu sagen, daß ich an ihrer Stelle niemals im Trainingsanzug auf die Straße gehen würde und daß ich Trainingsanzüge sowieso reichlich bescheuert finde. Sie lächelte mich aufmunternd an und gab mir vier »Küßchen« (das war eins ihrer typischen Wörter; ich fand es lächerlich, sprach statt dessen von Küssen und fand, zwei genügten).
»Na, Julia, wie geht's?« fragte sie in einem Ton, als sei ich geisteskrank und sie der einzige Psychiater, der mich heilen könnte.
»Nicht besonders ...« fing ich an, entschlossen, ihr alles zu erzählen.
»Hm«, meinte sie daraufhin in mitleidigem, verständnisvollem Ton. »Toll klingt das ja nicht gerade.«
Sie legte ihre Hand auf meine Schulter und sah mir tief in die Augen – immer noch aufopferungsvoll wie ein Psychiater. Ich fragte mich, warum ich sie nicht mochte, warum sie mir oft dermaßen auf den Wecker

ging. Schließlich war sie freundlich und aufmerksam, versuchte, einem zu helfen, wenn man sie brauchte.
»Nein«, erwiderte ich, »weißt du, es ist...«
»Hast du vielleicht deine Regel oder so?«
Peng – da war sie wieder, ihre typische Art. Mir wurde schlagartig klar, warum ich Nadine nicht mochte, warum sie mich so nervte: ganz einfach weil sie, die Hohepriesterin der Vernunft und Vertreterin des gesunden Volksempfindens, das »meine Regel« nannte und vor allem weil sie zu blöd war, sich einen anderen Grund für meinen Zustand vorstellen zu können. Einen Augenblick lang hatte ich Lust, sie zu würgen, ihr ins Gesicht zu spucken oder ihr ein paar so deftige Sachen an den Kopf zu werfen, daß sie mich für immer in Ruhe lassen würde. Aber irgendwie hatte ich nicht die nötige Energie für so was.
»Ja, du hast recht«, sagte ich und versuchte, ein bißchen rot zu werden, damit sie es mir glaubte.
Freundschaftlich legte sie ihren Arm um mich:
»Das ist doch nicht so schlimm, das geht vorbei. Das bedeutet einfach, daß du jetzt eine Frau bist.«
Nadine, dachte ich im stillen, jetzt bist du zu weit gegangen – das wirst du mir büßen!
»Nein, weißt du, das ist es eigentlich nicht«, sagte ich im Ton enger Vertraulichkeit, fest entschlossen, ihr einen gewaltigen Bären aufzubinden, um mich für ihre naseweise Art zu rächen. »Ich hab' das nur gesagt, weil

ich nicht weiß, wie ich's dir erzählen soll. Hör zu – du bist doch meine Freundin, oder?«
Ich fühlte ihre Hand auf meiner Schulter vor Neugier zusammenzucken. Dann platzte ich heraus:
»Weißt du, meine Eltern haben mir heute morgen gesagt, daß sie gar nicht meine richtigen Eltern sind.«

Das saß. Es war, als hätte ich ihr eins mit der Faust verpaßt: Nadine war völlig platt. Ich hatte Lust, es auf die Spitze zu treiben – vielleicht würde sie ja wirklich noch aus den Latschen kippen!
Schließlich antwortete sie, wobei sie sich selbst an Vernunft übertraf: »Nun ja – das wichtigste ist doch, daß sie dich mögen.«
»Ja, du hast recht«, stieß ich hervor und vergrub mein Gesicht in ihrem Pullover – gerade noch rechtzeitig, um nicht vor Lachen laut herauszuplatzen.
Sie dachte natürlich, ich weine, und fuhr mir sanft durchs Haar. Es war ein schönes Gefühl. Ich hörte auf zu lachen. Ich hätte ewig so an ihrer Schulter lehnen mögen. Im nachhinein betrachtet, finde ich das Ganze so peinlich, daß ich am liebsten aus dem Fenster springen möchte. Aber damals war ich ziemlich durcheinander und fühlte mich einen Moment lang so einsam, daß ich tatsächlich hätte losheulen können.
Während wir uns noch in den Armen lagen, kam Madame Guillaume, unsere Sportlehrerin, herein:

»Na, ihr beiden Schmusekatzen« – sie hatte ein Talent, immer das richtige Wort zum falschen Moment zu finden –, »ihr scheint euch ja prima zu verstehen, wie?«
Sofort hob ich den Kopf und setzte mich wieder gerade hin. Meine Kehle war wie zugeschnürt. Ich merkte, daß das Ganze auch Nadine sehr peinlich war. Sie wollte von mir abrücken, aber ihr Trainingsanzug blieb an einem vorstehenden Nagel hängen. Ich sah Madame Guillaume in die Augen – aus Trotz, und weil ihr Gesicht mich immer wieder faszinierte.
Sie hatte einen rechteckigen Kopf, ein rotes Gesicht, blasse, fleischige Lippen mit herunterhängenden Mundwinkeln, graue, fast durchsichtige Augen und Tausende winziger Fältchen im Gesicht. Ihre Haare waren zu einem Pferdeschwanz zusammengebunden. Sie war die Strenge, Ordentlichkeit und Disziplin in Person. So stand sie vor uns, stocksteif wie ein Totempfahl, und wenn sie einen ansah, wußte man instinktiv, daß man wieder irgendwas an seinem Äußeren vernachlässigt hatte: hier ein offener Schnürsenkel, dort eine ungebändigte Haarsträhne, hier ein Fleck auf dem Hemd, dort ein Pickel auf dem Nasenflügel. Am schlimmsten war es, wenn man sich morgens die Zähne nicht geputzt hatte. Sie sagte dann zwar nichts, aber ihr angespannter Gesichtsmuskel, der ihre Mundwinkel noch mehr als sonst herabhängen ließ, war Bestrafung genug – jede von uns wußte, was los

war. Sie hatte übernatürliche Kräfte, die es ihr erlaubten, die geringsten Zeichen von Unordentlichkeit aufzuspüren, und sie machte großzügig von ihrer Begabung Gebrauch.
»Kommt und laßt euch von mir Schwänzchen binden«, sagte sie immer mit ihrer spitzen, harten Stimme.
Dieses Schwänzchenbinden war eine Marotte von ihr: Vor jeder Turnstunde band sie den Schülerinnen, die lange Haare trugen, einzelne Strähnen zu Schwänzchen zusammen. Zu diesem Zweck hatte sie immer eine Handvoll Gummis in ihren Hosentaschen. Es waren braune, lange, bandnudelähnliche Gummibänder, die furchtbar in den Haaren ziepten. Ich glaube, sie liebte die Schwänzchen, weil sie sich dann immer wie die Nationaltrainerin der rumänischen Turnerinnen vorkam. Uns fehlten dann nur noch die dicken weißen Schleifchen auf dem Kopf, und wir hätten diesen kleinen zwölfjährigen, 1 m 35 großen und sechzig Kilo schweren Athletinnen, die sich bei jeder Olympiade über ihren Barren in die Lüfte schwingen, zum Verwechseln ähnlich gesehen. Allerdings beschränkte sich die Ähnlichkeit auf die Frisur, denn die meisten von uns waren nicht fähig, selbst die einfachsten Übungen, die Madame Guillaume uns vorgab, korrekt auszuführen. Nur Sylvie Guidon, die Hübscheste der Klasse und eine ganz große Heuchlerin, genügte den ästhetisch-sadistischen Anforderungen unserer verehrten

Sportlehrerin. Sie konnte den großen Spagat so turnen, daß ihr Gesicht fast den Boden berührte – und sie zeigte es uns jedesmal zu Beginn der Stunde unaufgefordert, um uns zu ärgern. Oft wünschte ich mir, sie würde eines Tages vor lauter Ehrgeiz, die Beine noch weiter zu grätschen, von unten nach oben in zwei Teile reißen. Aber auch wenn ihr das passierte, würde sie sicher trotzdem nicht zu lächeln aufhören. Ihr Lächeln schien stets zu sagen: »Was wollt ihr denn, ich bin doch sowieso viel hübscher als ihr!«

Während Nadine und ich, von Madame Guillaume mit zahllosen Gummis eingedeckt, still unser Martyrium erduldeten, kamen nun auch die anderen herein. Sobald meine Schwänzchen wie in einen Schraubstock gezwängt zusammengebunden waren und Madame Guillaume endlich von mir abließ, stürzte ich mich auf Johanna, um sie zur Rede zu stellen. Sie versteckte sich gerade in der Umkleidekabine hinter ihrem dicken Mantel, um eine angefangene Kippe zu Ende zu rauchen.

»Johanna!« Ich klopfte ihr auf die Schulter.

Sie fuhr zusammen – aus Angst, eine Lehrkraft habe sie gerade auf frischer Tat ertappt.

»Ach, du bist's«, seufzte sie erleichtert.

»Sag mal, was hattest du gestern abend mit diesem Paulus zu schaffen?« fuhr ich sie an.

»Wir waren zusammen in einem Café.«
»Und was hattest du da mit ihm zu schaffen?«
»Nichts. Er hat mich gebeten mitzukommen. Du bist doch wohl nicht etwa eifersüchtig?«
»Ich und eifersüchtig? Du hast sie wohl nicht alle.«
»Warum bist du dann so sauer?«
»Und du? Warum bist du so komisch?«
»Laß mich in Ruhe. Was hab' ich dir denn getan?«
»Was du mir getan hast? Weißt du, daß ich ihm jetzt nicht mal mehr ins Gesicht schauen kann, ohne mich zu genieren? Ich muß mich schämen, ich hab' mich lächerlich gemacht, reicht das nicht?«
»Was meinst du? Ich verstehe nicht...«
Auf einmal, wenn auch reichlich spät, kapierte ich, daß Johanna von meiner ganzen Blamage gar nichts wußte.
»Hast du denn nicht gehört, was ich ihm am Telefon erzählt habe?« fragte ich so beiläufig wie möglich.
»Wie soll ich denn da was hören? Schließlich war es ein ganz normaler Münzfernsprecher. Außerdem – als er ran ging, gab er mir ein Zeichen, ich solle verschwinden.«
Komisch, dachte ich, der ist nicht normal – nicht wie die anderen. Jeder andere hätte sie zuhören lassen oder ihr zumindest hinterher alles erzählt, um sich mit ihr gemeinsam über mein blödsinniges Gerede totzulachen.

»Und was hat er gesagt, nachdem er aufgehängt hat?« fragte ich daher etwas ängstlich.
»Er hat gesagt... warte mal... ach ja, er hat gesagt: ›Ziemlich aussichtslos‹ oder so ähnlich. Irgend so was Komisches...«
Er hatte sich also nicht über mich lustig gemacht. Johanna wußte nichts – außer ihm und mir wußte niemand etwas. Es war also nicht ganz so schlimm, auch wenn ich ihm nicht mehr, ohne rot zu werden, unter die Augen treten konnte. Wenigstens blieb die ganze peinliche Geschichte unter uns. Das Gute an Johanna war, daß sie nicht sehr neugierig war. Jedes andere Mädchen, wie zum Beispiel Coralie Toquet, hätte mir jetzt ein Loch in den Bauch gefragt: »Wieso ›schämen‹? Was meinst du mit ›lächerlich gemacht‹? Was soll das alles?«
Johanna war das Gott sei Dank! egal. Und sie hatte noch eine Menge anderer guter Eigenschaften – welche, kann ich nicht genau sagen, aber trotz unserer vielen Streitereien hatte ich sie sehr gern.
Madame Guillaume machte ihre übliche Runde in der Umkleidekabine, um zu kontrollieren, ob alle Schwänzchen ordentlich gebunden waren. Wir zogen uns währenddessen um.
»Du trägst heute einen BH?« fragte Johanna, die schon seit zwei Jahren ständig einen trug.
»Na und?« entgegnete ich.

»Nichts ›na und‹. Steht dir gut.«
Ich wagte nicht, an mir herunterzusehen, so seltsam zugerichtet kam ich mir vor.
Trotzdem sagte ich: »Danke.«
»Kann ich mich während der Mathearbeit neben dich setzen?« fragte Johanna.
»Klar. Du wirst sehen, es wird gar nicht so schwer.«
»Na, für dich ist es ja nie schwer.«
»Nein, ich meine das Abschreiben. Diesmal gibt es keine Kurven, keine langen Sätze, nur Zahlen. Das ist das Praktische an Gleichungen.«
»Fräulein Decourt!« rief Madame Guillaume und baute sich vor Johanna auf. »Wie oft soll ich Ihnen noch sagen, daß ich in meinem Unterricht keine roten Farben an Ihnen sehen möchte!«
Johanna hatte sich gerade einen leuchtend roten, supertief ausgeschnittenen Basketball-Dreß angezogen.
»O.K., Madame, kein Problem«, entgegnete Johanna frech, indem sie ihr Oberteil herunterzog. »Sehen Sie, Sie haben Glück – wenigstens mein BH ist heute weiß.«
Madame Guillaume wurde leichenblaß und starr. Sie schien um zehn Zentimeter zu wachsen und ballte die Fäuste. Um ihre Wut abzureagieren, schnürte sie Johannas Haare noch fester als die der anderen zu Schwänzchen zusammen. Es waren wohl die lächer-

lichsten Schwänzchen ihrer gesamten Lehrerinnenlaufbahn.
Als sie Johanna endlich gehen ließ, hatte die Arme vom Zug der Gummibänder ganz rote Schläfen und Schlitzaugen. Ich lieh ihr für die Stunde meinen blauen Umhang. Dann drängten wir alle grüppchenweise im Schweinsgalopp in die Turnhalle – im Rhythmus von Madame Guillaumes Kriegsgeschrei: »Eins, zwei, drei, eins, zwei, drei...«

Die Turnstunde lief ab wie immer. Nein, doch nicht ganz wie immer, denn diesmal vollbrachte ich meine persönliche Bestleistung am Seil: 18,2 Sekunden. Dank dieser historischen Leistung war ich jetzt nicht mehr die letzte, sondern die vorletzte – der Beginn einer großen Sportlerkarriere!
Auch Sylvie Guidon übertraf sich wieder mal selbst: Sie machte den großen Spagat nach rechts, nach vorn und nach links, und ich stellte mir schon vor, wie sie sich im Kreise drehen, sich mehrfach überschlagen und sich zu guter Letzt durch den Hallenboden bohren würde, wo schon die Kanalratten auf sie warteten.
Nadine ließ mich die ganze Stunde nicht aus den Augen. Andauernd gab sie mir Zeichen, lächelte zu mir herüber oder zwinkerte mir zu, um mir ihre tiefe Sympathie zu bekunden. Es tat mir leid, daß ich sie so arg hinters Licht geführt hatte, und um mich abzulen-

ken, versuchte ich bei der nächsten Übung so gut wie möglich das Gleichgewicht zu halten. Madame Guillaume kam herbeigeeilt, um mir zu helfen. Nach dem zehnten vergeblichen Versuch – diesmal war ich besonders unsanft auf dem Boden gelandet – erzählte ich ihr, ich hätte von Geburt an eine Muskelschwäche im linken Arm. Anstatt mich in Ruhe zu lassen, faßte Madame Guillaume diese Mitteilung im Gegenteil als besonderen Anreiz für sich auf. Und als wolle sie mich fortan zum Star der Behinderten-Olympiade machen, ließ sie nun erst recht nicht mehr von mir ab.

»Nächste Woche«, flüsterte sie mir zu, »beginnen Sie mit dem Hanteltraining, und ich versichere Ihnen, vier Wochen später können Sie bereits auf Händen laufen.«

Dieser Gedanke machte ihr soviel Vergnügen, daß ich schon selbst daran zu glauben begann und mir das Hanteltraining schon lebhaft vorstellen konnte.

Als wir zur Mathestunde ins Klassenzimmer kamen, waren Johanna und ich noch ganz verschwitzt vom Turnen. Unsere Haare, die wir gerade von den blöden Gummis befreit hatten, standen in alle Richtungen ab und waren nicht zu bändigen. Den anderen Mädchen ging es nicht besser, aber das war auch kein Trost. Die Jungen hatten alle rote Backen, die Haare klebten ihnen auf der Stirn; im Gegensatz zu uns hatten sie ihre

Sportstunde im Freien gehabt. Am frühen Morgen waren sie eine Stunde lang auf steinigem, hügeligem Gelände zwischen drei Gebäuden hin- und hergerannt. Kann es eine schlimmere Tortur geben – außer natürlich der, nachdem man einem attraktiven Typ, der obendrein in einen verliebt zu sein scheint, arglos am Telefon berichtet hat, wie speiübel einem eben noch war?
Wir ließen uns auf die Stühle fallen, um uns herum das Chaos der Sporttaschen. Trotz des ganzen Durcheinanders hatte ich kurz Zeit, durch meine Maulwurfsbrille Ausschau nach Paulus zu halten. Dummerweise schlug mein Herz dabei so heftig und schnell, als würde ich gerade auf meiner Geige im Konservatorium vorspielen. Er war nicht da – als ich das sah, hätte ich eigentlich erleichtert sein müssen. Statt dessen war ich enttäuscht und ärgerte mich zugleich über mich selbst. Verblüfft ließ ich den Kopf sinken und starrte gedankenverloren auf mein Pult. Warum war er heute nicht hier? Hatte er vielleicht die Sportstunde geschwänzt? Oder war er krank?
Johanna hatte wie immer ganz andere Probleme.
»Schieb dein Blatt ein bißchen rüber«, flüsterte sie. Langsam machte sich die für Mathearbeiten typische Grabesstille im Klassenzimmer breit. »Wenn du dein Blatt so hinlegst, kann ich nichts lesen.«
»O.K.«, flüsterte ich. Ich hatte gar nicht zugehört.

Madame Lavis verteilte die Aufgabenblätter und ließ uns dann zum Appell antreten. Das war so eine Marotte von ihr. Sie behauptete, es sei besser für uns, uns einen Moment lang zu sammeln, bevor wir uns auf die Aufgaben stürzten. Sie dachte wohl, wenn wir diese kleine Pause nach dem Durchlesen der Aufgaben hätten, bevor wir uns an der Lösung die Zähne ausbissen, würden wir weniger Leichtsinnsfehler machen. Ich mochte Madame Lavis sehr gern, aber in dieser Hinsicht fand ich sie ziemlich naiv.

Jeder aus der Klasse antwortete, wenn sein Name fiel. Manche sagten zackig »Jawoll« oder »Anwesend«, manche »Ja«, einige »Hm«. Als »Stern« aufgerufen wurde, blieb die Antwort aus. Eine plötzliche Stille störte das harmonische Pingpong von Aufrufen und Antwort. Ein paar Köpfe gingen hoch. Statt des nächsten Namens wiederholte Madame Lavis etwas lauter: »Stern?«, als genüge es, den Geist des Abwesenden heraufzubeschwören, um ihn herzuzaubern. Im stillen flehte ich sie an, den Quatsch zu lassen, damit ich mich endlich der Mathearbeit widmen konnte – mich hineinstürzen wie ein sorgloses Schweinchen in eine Schlammpfütze. In diesem Moment hätte ich sie umbringen können. Zum drittenmal rief sie: »Paulus Stern?«

Und da kam er tatsächlich hereingestürzt – bleich und mit zerzausten Haaren, als hätte sie ihn aus dem Grab geholt. Erstaunt sah ich Madame Lavis an; sie lächelte amüsiert. Sie war also nicht nur die beste Mathelehrerin der Welt, nein, sie konnte anscheinend auch noch zaubern! Ich sah kurz zu Paulus hinüber. Er war ganz außer Atem, hatte rote Augen und versuchte verzweifelt, sich einen Weg durch die Reihen herumliegender Sporttaschen zu bahnen, ohne darüber zu stolpern oder sich in den langen Trageschlaufen zu verheddern.

Gott sei Dank war er zu sehr damit beschäftigt, sein Gleichgewicht zu halten, um zu merken, daß ich ihn die ganze Zeit ansah: Ich fixierte sein Gesicht, seinen Hals, seine Schultern. An seinem Hemd waren ganz gegen seine sonstige Gewohnheit die obersten drei Knöpfe offen. Verwirrt und beschämt wandte ich die Augen ab. Ein ätzendes Gefühl! Ich haßte mich selbst dafür und wandte mich der Arbeit zu, ohne das Startkommando von Madame Lavis abzuwarten.

Nach einer halben Stunde war ich mit den vier Aufgaben fertig. Ich wartete, bis Johanna alles abgeschrieben hatte, und gab dann auf ihr Zeichen hin ab.

»Was ist, geht's Ihnen heute nicht gut?« fragte Madame Lavis. Sie schien heute wirklich so etwas wie den sechsten Sinn zu haben.

»Doch, doch«, flüsterte ich.

»Sie sehen aber ziemlich blaß aus«, meinte sie.

Ich wußte, wenn ich auch nur eine Minute länger vor

ihr stehen blieb, würde sie alle meine Gedanken lesen. Ich mußte möglichst schnell ihren Adleraugen entkommen. Deshalb sagte ich:
»Vielleicht haben Sie recht. Ich werde mich im Krankenzimmer etwas hinlegen.«
Der Trick funktionierte. So hatte ich wenigstens eine Zeitlang Ruhe vor ihrem sechsten Sinn. Einige Leute, unter anderem Johanna, finden, daß ich den Spleen habe, Erwachsenen übernatürliche Kräfte zu unterstellen. Das stimmt schon ein bißchen. Manchmal ist die gute Johanna gar nicht so dumm.
Ich verließ das Klassenzimmer und stand allein in dem großen Flur. Hier wirkte das Gymnasium wie ausgestorben. Zu wissen, daß die anderen dort eingeschlossen waren, während ich mir hier draußen die Beine vertreten durfte, gab mir ein angenehmes Gefühl der Freiheit. Es war toll, auf und ab zu gehen, dabei absichtlich zu hinken, dann rückwärts zu laufen, dann wie Tarzans Affe Cheeta zu hüpfen und schließlich wie Tarzan selbst einem imaginären Elefanten ein »Ungawa Timba« zuzuflüstern. Niemand sah zu – ich hoffte es zumindest, sonst würde ich auf der Stelle mein Mathebuch verspeisen.
Ich klopfte an die Tür des Krankenzimmers. Madame Levitansky schlurfte herbei – in ihren Holzschuhen, die sie nicht mehr auszog, seit sie 1972 im »Cosmopolitan« gelesen hatte, Holzschuhe seien modern. Sie

öffnete und sagte mit ihrem unverwechselbaren russisch-schweizerisch-bretonischen Akzent:
»Ach, du bist's, Julia?«
»Klar, wer sonst?«
»Komm rein.« Sie öffnete die Tür weiter, als nötig gewesen wäre, um mich einzulassen. »Also, welche Beschwerden hast du?«
Ich wußte aus Erfahrung, daß es keinen Sinn hatte, zu simulieren und Madame Levitansky irgendein Symptom zu beschreiben. Was man ihr auch sagte, die Untersuchung lief immer nach dem gleichen Schema ab. Heute konnte mir das nur recht sein, da mir nichts fehlte.
»Hast du deine Regel?« war ihre erste Frage. Sie nahm am Schreibtisch Platz.
Verrückt, dachte ich. Vielleicht sollte ich mal ein Treffen zwischen Nadine und Madame Levitansky arrangieren. Die beiden hätten einander bestimmt viel zu erzählen.
»Nein«, antwortete ich. (Ich hatte mich nach kurzer Überlegung dafür entschieden, diesmal ehrlich zu sein.)
»Hast du Kopfweh?«
Bei einer Krankenschwester wie ihr genügte es, den Kopf zu schütteln oder eine Grimasse zu ziehen. Es hatte gar keinen Sinn, extra Spucke zu verschwenden, am Ende schob sie einem immer einen Würfel Zucker

mit Heilpflanzenöl in den Mund und ein Thermometer in den Hintern.
»Hast du Bauchweh?« (Kopfschütteln).
»Hast du Atembeschwerden?« (wieder Kopfschütteln).
»Hast du Fieber?« Schon bekam ich das Thermometer reingeschoben.
»Hast du heute morgen gefrühstückt?« Schwupp – den Zucker.
Zur Behandlung legte ich mich auf den Untersuchungstisch.

Da sie sah, daß ich kein Fieber hatte, entschied sie: »Am besten bleibst du bis zum Beginn der nächsten Stunde hier und ruhst dich ein bißchen aus. Du wirst sehen, dann geht's dir wieder besser.«
Madame Levitansky, ich liebe Sie, dachte ich im stillen. Sie ging zum Schreibtisch und strickte weiter an ihrem Pulli.
Ich versuchte es währenddessen mit der Autosuggestionstherapie. So sagte ich mir innerlich etwa zwanzigmal vor: »Ich liebe Paulus nicht – ich liebe Paulus nicht – ich liebe Paulus nicht...«
Normalerweise funktioniert die Methode höchst selten, aber diesmal klappte es hervorragend. Ich lenkte mich ab. Ich dachte an Karim Djélouli und verglich meine damaligen Gefühle mit denen von heute. Als ich

damals mit Karim in einem Zimmer zusammengewesen war, hatte ich mich immer wohl gefühlt, völlig sorgenfrei und glücklich. Na ja, zugegeben, mit fünf ist man sowieso fröhlicher und unbeschwerter als mit vierzehn. Aber das Problem war: Sobald ich Paulus sah, war mein Körper mit kaltem Schweiß bedeckt. Ich zitterte, hatte ein Kribbeln in den Füßen und fühlte, wie sich etwas bleischwer auf mich legte. Dieses Etwas nenne ich ‚das Gewicht des Lebens'. Es ist schwer zu beschreiben – etwas Vages, Schwammiges und Undurchsichtiges, nicht so interessant wie eine schwarze Wolke, auch nicht wie ein Deckel, eher zähflüssig – ein ganz bestimmtes, ungutes Gefühl eben. Deswegen stand für mich fest: Ich liebe Paulus nicht. Plötzlich fühlte ich mich schon viel besser. Außerdem konnte das Ganze ja genausogut eine Verschwörung gegen mich sein. Schließlich gibt es etliche Filme, in denen ein attraktiver Typ darauf aus ist, häßliche Mädchen zu verführen, um sich über sie lustig zu machen. Aber was konnte mir das schon ausmachen, jetzt wo ich wußte, daß ich Paulus gar nicht liebte? Und wenn *er* mich tatsächlich liebte, dann... dann war es allerdings komplizierter. Ich richtete mich ein wenig auf und stützte mich auf einen Ellenbogen, um mich in dem Spiegel zu betrachten, der an der gegenüberliegenden Wand über dem Waschbecken hing. Ich nahm meine Brille ab. Dann setzte ich sie wieder auf, denn

wenn ich mich ohne Brille im Spiegel betrachte, dann sehe ich nur einen hellen Fleck und zwei verschwommene, dunkle Punkte – die Augen. Ich versuchte mich so zu betrachten, als wäre ich eine Fremde und sähe mich das erste Mal. Na ja, so häßlich war ich nun auch wieder nicht. Wenigstens hatte ich keine dicke, behaarte Warze oder so im Gesicht, keine schiefen Zähne und kein fliehendes Kinn. Falls er mich überhaupt liebte – er würde schon wissen, warum.
Ich legte mich wieder auf den Untersuchungstisch und schloß die Augen. Kurz darauf schlief ich ein.

»Julia! Julia!«
Johannas Stimme riß mich aus einem Traum. Ich war zu Hause, wir saßen alle um den Küchentisch: Mama, Papa, Judith und ich.
Auf einmal wandte Mama uns den Rücken zu und sagte: »Wenn ihr glaubt, ich sehe euch nicht...«
Vor Schreck fuhr ich hoch.
»Was ist los?« sagte ich fröstelnd und griff nach Johannas Hand.
»Nichts. Wir haben jetzt Französisch, ich hole dich ab. Madame Levitansky meint, du kannst wieder zurück in den Unterricht.«
»Ich habe einen schrecklichen Alptraum gehabt.«
»Was hast du denn geträumt?«
»Ach, es war so entsetzlich, daß ich es nicht erzählen

kann.« Ich wußte: Hätte ich es Johanna erzählt, hätte sie gesagt, das sei kein Alptraum, und hätte nichts Schreckliches daran gefunden.
»Wie du willst«, sagte sie. »Also, gehen wir zurück?«
Johanna war wirklich kein bißchen neugierig.
»Warte«, sagte ich und stieg von der dunkelgrün gepolsterten Krankenliege, »ich möchte dich noch was fragen.«
Johanna sah mich ohne größeres Interesse an; trotzdem: Ich mußte sie fragen. Dabei konnte ich mir denken, daß sie nur aus Höflichkeit antworten würde. Daran war ich schon gewöhnt, es störte mich nicht mehr. Genausogut hätte ich meine Lebensgeschichte einer Fliege erzählen können.
»Also«, fragte ich, ohne mir große Hoffnungen auf eine klare Antwort zu machen, »wie findest du mich?«
»Jetzt, im Moment?« wollte Johanna wissen. Sie zuckte etwas nervös mit den Augenlidern.
»Nein, überhaupt. Findest du mich häßlich?«
»Nein.«
Was für eine nichtssagende Antwort! Das sah ihr wieder ähnlich – nur sie konnte auf eine für mich so wichtige Frage so ausweichend reagieren!
»Ich glaube, du hast meine Frage nicht ganz verstanden«, sagte ich. »Johanna, es ist sehr wichtig für mich zu wissen, ob ich häßlich bin oder nicht, und falls nicht, möchte ich wissen, was an mir hübsch ist.«

»Na ja...« Sie nahm sich eine Zigarette. »Du weißt doch...« Sie zündete sie an. »Ich kenne mich da nicht so aus...« Sie nahm einen Zug.
»Gut, ich helfe dir«, sagte ich, wild entschlossen, es ihr auf andere Weise aus der Nase zu ziehen.
»Wie findest du Catherine Deneuve?«
»Alt.«
»Gut, du hast gewonnen, ich geb's auf. Eigentlich mag ich Catherine Deneuve sowieso nicht.«
Wir gingen aus dem Krankenzimmer, ohne uns von Madame Levitansky zu verabschieden. Sie war über ihrem Strickzeug eingeschlafen.
Im Flur, auf dem Weg zur Französischstunde, fragte ich mich, wie ich herausfinden konnte, ob ich häßlich war oder nicht. Nach vierzehn Jahren hat man sich so an sein Äußeres gewöhnt, daß man einfach nicht mehr weiß, auf welcher Stufe der Schönheitsskala man sich befindet – einer Skala, die etwa tausendmal so viele Abstufungen hat wie die Richter-Skala. Ich sah zu Johanna rüber. Kein Zweifel, Johanna sah nicht schlecht aus, und wahrscheinlich wußte sie das auch. Sie hatte eine reine, samtweiche Haut und glänzendes, gelocktes Haar, war nicht zu groß und nicht zu mager, genau richtig. Mein Fall lag da viel komplizierter. Ich war zu mager, ein bißchen zu groß, und hatte glänzende, aber glatte Haare und eine furchtbar blasse Haut. Gut, manchmal versuchten mich irgendwelche Typen auf

der Straße anzumachen, aber welchem Mädchen passiert das nicht – außerdem waren es in der Regel nur Kotzbrocken, einen Meter zwölf große Frankensteins im dreiteiligen Anzug mit dem obligatorischen Aktenköfferchen in der Hand. Ach, hätte Paulus nur so ein Aktenköfferchen gehabt, dann wäre alles viel einfacher gewesen! Dann hätte ich sicher sagen können, daß ich ihn nicht leiden kann.
»Was machst du in den Ferien?« unterbrach Johanna abrupt meine Gedanken.
»Ach ja, die Ferien! Hab' ich ganz vergessen«, antwortete ich und zuckte zusammen. »Die beginnen ja schon morgen!«
»Und – was machst du? Fährst du weg?« fragte sie noch einmal. Sie konnte nicht verstehen, daß ihre Freundin durch eine einfache Frage so aus dem Häuschen zu bringen war.
»Wir fahren Ski«, antwortete ich schließlich.
»Wer wir?«
»Meine Eltern, Judith und ich. Wir machen jedes Jahr an Weihnachten einen Skiurlaub.«
»Und? Freust du dich darauf?«
Die Frage hatte ich mir nie gestellt. Es war mir so zur Gewohnheit geworden, in den Weihnachtsferien mit meiner Familie Ski zu fahren, daß mir diese Frage gar nicht in den Sinn kam.
»Ich weiß nicht«, antwortete ich. Eigentlich freute ich

mich schon darauf, aber warum – das zu erklären wäre zu schwierig gewesen.
»Und du«, fragte ich, »was machst du?«
»Nichts Besonderes«, sagte Johanna und wirkte auf einmal sehr traurig. »Eigentlich wollte mein Vater mit mir nach Südfrankreich fahren, aber jetzt macht er mit seiner neuen Flamme Flitterwochen auf den Antillen.«
»Hat er denn wieder geheiratet?«
»Nein.«
Ich verzichtete darauf, Johanna zu fragen, warum sie dann von Flitterwochen gesprochen hatte. Eine Träne lief ihr über die Wange. Ich hatte sie noch nie weinen sehen. Ich wollte ihre Hand nehmen, aber irgendwie bekam ich den Arm nicht vom Körper. Still beobachtete ich aus dem Augenwinkel, wie sie eine Zigarette aus der Schachtel zog, sie anzündete und rauchte, dabei ein bißchen schniefte und die Stirn kraus zog, um nicht weinen zu müssen.

3.

Als ich unsere Haustür öffnete – ich dachte gerade daran, was ich für die Skiferien einpacken wollte: keine Skikombination, da sehe ich ja wie ein Baby aus, lieber eine Jeans und den alten Anorak von Onkel Georges – als ich also unsere Haustür öffnete, wußte ich sofort, daß irgendwas nicht stimmte. Obwohl es schon dämmerte, waren alle Lampen in der Wohnung aus. Es war mucksmäuschenstill. Die ganze Wohnung lag wie in einem bleiernen, düsteren Schlaf, genau wie damals, als Tante Gilda starb. Ich dachte: Julia, du mußt jetzt ganz stark sein. Du weißt es noch nicht – die Polizei wartet in deinem Zimmer auf dich, um dir mitzuteilen, daß deine Familie bei einem Waldbrand ums Leben gekommen ist. Schlimmer – während du die Treppe heraufgekommen bist, hat es einen atomaren Unfall gegeben. Du bist die einzige Überlebende. Oder, noch schlimmer: Paulus ist gekommen, um bei deinen Eltern um deine Hand anzuhalten. Er hat sich in deine Mutter verliebt und ist mit ihr durchgebrannt, und Papa ist mit Judith nach Disneyland gefahren, um zu vergessen. Während ich mir all das ausdachte, kam ich bis zu meinem Zimmer. Vorsichtig öffnete ich die

Tür. Ich war gespannt und den Umständen entsprechend aufs Äußerste gefaßt.

Im Zimmer war es dunkel. Auf meinem Bett schlief, von einer hereinscheinenden Straßenlampe matt beleuchtet, Judith, zu einer Kugel zusammengerollt. Sie trug eine rote Hose, rote Schuhe und einen roten Pullover. Ohne ihre Haare hätte sie wie eine große rote Käsekugel ausgesehen. Sie gab keinen Laut von sich, ich hörte sie nicht mal atmen. Ich setzte mich auf die Bettkante, berührte ihre Schulter und dachte: Nein, das ist zu schrecklich, das wird doch nicht ausgerechnet dir passiert sein, Julia Fuchs. Als meine Fingerspitzen ihren Pullover streiften, schreckte Judith blitzartig aus dem Schlaf hoch.

»Was machst du hier?« fragte ich. »Wo ist Mama?«

»Pssst!« wisperte sie. »Was Schreckliches ist passiert. Mama und Papa sind da drüben im Schlafzimmer. Sie haben gestritten, sie reden nicht mehr miteinander.«

Sie sprach so leise, daß ich sie kaum verstand.

»Was ist? Hast du was angestellt?« flüsterte ich so leise wie sie.

»Nein, nicht ich – Papa.«

»Papa hat was angestellt?« fragte ich etwas ungläubig.

»Nein«, sagte sie ungeduldig, weil ich nicht gleich kapierte. »Er ist entlassen worden.«

»Was meinst du mit ›entlassen‹?«

»Na ja, entlassen eben«, antwortete Judith. »Er ist heute nachmittag um drei von der Arbeit heimgekommen. Mama und ich waren in der Küche, er ist nicht wie sonst reingekommen, sondern im Flur an der Garderobe stehengeblieben, und hat gesagt: ›So eine verfluchte Scheiße, die Arschlöcher haben mir gekündigt! Na ja – ist mir auch wurscht, dann mach' ich eben einen auf arbeitslos und kassiere Geld. Geschieht ihnen ganz recht, den Schweinen.‹«

»Das hat Papa gesagt?« fragte ich ungläubig.

Ich war baff – mein Vater schimpfte sonst nie so heftig, vor allem nicht, wenn er wußte, daß Judith in der Nähe war.

»Ja«, meinte Judith, »genau das hat er gesagt. Dann ist Mama aus der Küche gekommen und... nein, zuerst hat sie ihren Putzlappen an die Wand geworfen, sie wollte ihn auf den Tisch schmeißen, traf aber die Spüle, er ist ins Spülwasser gefallen, das stark nach Blumenkohl roch, da hat Mama dreimal ›Scheiße‹ gesagt, dann hat sie mich angesehen und ›Oh – ach was, trotzdem Scheiße‹ gesagt. Danach ist sie rausgegangen und hat mit Papa zu streiten angefangen. Ich habe geweint, bin in dein Zimmer gerannt und eingeschlafen.«

Während sie das erzählte, wurde Judith immer trauriger. Ihr kleines Kinn zitterte, als würde sie jeden Moment losheulen.

»Weißt du was«, erzählte ich, um sie auf andere Gedanken zu bringen, »als ich hier reinkam und dich gesehen hab', so zusammengerollt auf meinem Bett mit all deinen roten Sachen, hab' ich dich zuerst für einen ›Babybel‹ gehalten.« Es funktionierte, Judith lachte laut auf. »Babybel«, die rote Weichkäsekugel, war ihr Lieblingskäse. Leider waren die Eltern nicht so einfach aufzuheitern wie sie. Es gibt eine eiserne Regel, die besagt: Ein Elternteil, der schlechter Laune ist, bleibt schlechter Laune, egal was man auch tut oder sagt – bis zu dem Moment, in dem er, ob durch eigenen Willen oder aus anderen geheimnisvollen Gründen, wieder besserer Laune ist. Ich konnte mir meine Eltern vorstellen, wie sie jetzt im Schlafzimmer saßen: meine Mutter, wie sie auf dem Ehebett ausgestreckt lag und tief ein- und ausatmete – ihrer Nerven wegen, wie sie sagte, tatsächlich aber, um mit lauten Seufzern Papas Aufmerksamkeit zu erregen –, und meinen Vater auf dem grünen, gerippten Polstersessel, den Kopf in beide Hände gestützt und ebenfalls schwer atmend, weil er bei seinem Umfang vornübergebeugt kaum Luft bekam. Ich konnte mir lebhaft vorstellen, wie stumm und gleichzeitig unruhig sie waren: Jeder wartete in seinem Eck nur darauf, daß der andere als erster das Schweigen brach, um entweder weiterzustreiten oder sich zu versöhnen. Das Schlimmste ist, daß nach einem Streit keiner von beiden bereit ist, den ersten

Schritt zur Versöhnung zu tun – sie sind beide Trotzköpfe ersten Ranges und sind anscheinend auch noch stolz darauf, länger eingeschnappt zu bleiben als der andere. Wenn ich eingeschnappt bin, wird es mir schon nach fünf Minuten zu langweilig. Dann bin ich richtig froh, unter irgendeinem Vorwand wieder auftauchen zu können. Vielleicht wird das ja anders, wenn ich erst mal in Mutters Alter komme.

»Weißt du was?« sagte ich zu Judith.

»Nein«, antwortete sie und hoffte schon, ich würde ihr vorschlagen, mit ihr »Einkaufen« zu spielen.

»Du bleibst hier in meinem Zimmer, und ich gehe zu den Eltern und rede mit ihnen.«

Judith verzog enttäuscht das Gesicht, und ich verstand, daß ich diplomatischer vorgehen mußte.

»Warte«, versuchte ich die Scharte wieder auszuwetzen, »ich habe gemeint: Wenn du hierbleibst, während ich mit den Eltern rede, darfst du zur Belohnung alle meine Sachen anprobieren.«

»Auch das Seidenkleid mit den weiten Puffärmeln?«

Manchmal hat man's als ältere Schwester ganz schön schwer, dachte ich.

»Ja, meinetwegen – auch das Seidenkleid.«

Das Schlafzimmer der Eltern war wie die übrige Wohnung in ein seltsames Halbdunkel gehüllt. Ich fand die beiden vor, wie ich es mir gedacht hatte, bloß andersherum: Vater lag auf dem Bett, und Mutter saß auf dem grünen Polstersessel und hielt sich den Kopf. Als ich ins Zimmer trat, sahen beide nicht mal auf. Das wird nicht leicht, dachte ich. Plötzlich erinnerte ich mich wieder daran, daß morgen ja Ferienbeginn war und daß wir, wenn wir noch in der Nacht losfahren wollten, die Koffer packen mußten.

»Welchen Koffer soll ich zum Einpacken nehmen?« fragte ich so harmlos wie möglich.

»Mein Gott, womit habe ich das verdient...?« stöhnte meine Mutter und hielt sich weiterhin den migränegeplagten Kopf.

Und ich? dachte ich. War es denn meine Schuld? Vielleicht hätte ich nicht ganz so plump reinplatzen sollen...

»Womit habe ich das verdient?« wiederholte meine Mutter. (Jetzt sah sie das erste Mal zu mir auf.)

»Julia, ich muß dir die traurige Mitteilung machen, daß dein Vater heute nachmittag entlassen worden ist. An den Skiurlaub ist also dieses Jahr nicht zu denken.« (Sie machte eine Pause und sagte dann – es hätte mich auch gewundert, wenn das schon alles gewesen wäre:)

»Du denkst wohl nur an dich, was? Dein Vater ist arbeitslos, ich bin völlig verzweifelt, und du? Alles was dich interessiert, ist dein blöder Koffer. Seit wann hast du überhaupt einen eigenen Koffer für deine Sachen? Schließlich hast du eine kleine Schwester, die auch etwas mitnehmen möchte, falls du das vergessen hast!

Du hältst dich wohl immer noch für unser einziges Kind? Überleg doch mal, wie schwer es für Judith ist, das alles zu verkraften!«

Ach, ihr könnt mich alle mal, dachte ich. Als As auf dem Gebiet der Telepathie konnte meine Mutter natürlich auch diesen Gedanken lesen.

»Und sei nicht so unverschämt«, sagte sie. »Dein Vater und ich haben auch so genug Probleme.«

»Jacqueline«, schaltete Vater sich ein, »laß Julia bitte mit Judith in Ruhe, sie kann doch nichts dafür. Julia, ich muß dir etwas erklären. Bitte komm mal her.« Ich setzte mich neben ihn auf die Bettkante.

»Julia«, erklärte er, ohne mich anzusehen, »sie haben mir gekündigt.«

»Ich weiß«, sagte ich unbeeindruckt. Ich verstand nicht, was daran so schlimm sein sollte. »Und warum?«

Papa blickte schweigend zu Boden.

»Sein Chef meint, man müsse Personal einsparen, nachdem das Unternehmen von einer größeren Firma aufgekauft wurde«, sagte Mama schnell. »Aber dein Vater hat einen anonymen Brief auf seinem Schreibtisch gefunden, den sie ihm hingelegt haben, während er bei seinem Chef war.«

Jetzt verstand ich gar nichts mehr. Personaleinsparung, was bedeutete das? Und erst dieser anonyme Brief! Sollte mein Vater etwa einen Mord begangen haben? Ach woher! Nein, Mama, du brauchst dich nicht zu schämen. Warum hatte ich nicht gleich verstanden? Ein anonymer Brief, eine junge schöne Frau, die mit einem sehr netten, aber viel zu dicken Mann verheiratet war, eine Ehebruchsgeschichte also.

»In diesem Brief«, fuhr meine Mutter fort und errötete dabei ein bißchen, »schreibt jemand, vielleicht ein Arbeitskollege oder ein Neider, was weiß ich, deinem Vater, er sei wegen seines... wegen seines Körpergewichts entlassen worden.«

Sie reichte mir einen Zettel, auf dem – wie in einem Krimi – in ausgeschnittenen, aufgeklebten Zeitungsbuchstaben zu lesen stand:

WENN DICH DER BOSS RAUSSCHMEISST, DANN NUR, WEIL DU ZU DICK BIST. EIN FREUND.

»Das ist ja völlig lächerlich!« sagte ich und mußte selbst ein bißchen lachen. »Selbst die Jungs in Judiths Klasse schreiben keine so dämlichen Briefe mehr. Einfach kindisch!«

Meine Eltern sahen trotzdem nicht sehr überzeugt aus. Nur mein Vater hob ganz leicht den Kopf.

»Der Meinung bin ich auch, Julia«, sagte meine Mutter. »Der Brief klingt nicht besonders klug, aber dein Vater ist überzeugt davon, daß er ernst gemeint ist. Und ich glaube, das wäre seinem Chef, diesem Monsieur Croque, durchaus zuzutrauen.«

»Warum«, fragte ich, »was ist denn so besonders an diesem Monsieur Croque, außer daß Croque soviel wie ›knuspern‹ heißt?«
Meine Mutter erklärte: »Weißt du, das ist so ein Typ, der morgens vor der Arbeit schon joggen geht, nur Vollkornbrot ißt, in Bad Vittel kuren geht – einer, dem nie ein Haar in die Stirn hängt, der nur Baumwollsokken anhat und nie zu enge Hosen trägt – na ja, ein Saubermann, fast so 'ne Art Nazi.«
Irgend etwas stimmte da nicht: So wie sie diesen Monsieur Croque beschrieb, hätte er eigentlich der ideale Ehemann für sie sein müssen, denn er war sozusagen ihr männliches Gegenstück. Dennoch verzog sie bei seiner Beschreibung das Gesicht, als hätte sie verschimmeltes Brot gegessen. Da wurde mir auf einmal klar – ich schwebte zwischen Erschrecken und Begeisterung –, daß ich meine Mutter jahrelang völlig falsch eingeschätzt hatte. Blitzartig begriff ich: Wenn sie zwischen Warren Beatty und Michel Simon zu wählen hätte – sie würde sich ohne zu zögern in die weichen, wabbeligen Arme des letzteren werfen.
Ich wandte ein: »Aber Mama, selbst wenn Vatis Chef so ist, wie du sagst, ist das doch kein Grund, so zu handeln. Ihr Erwachsenen braucht doch für alles eine Begründung. Man entläßt doch einen Angestellten nicht einfach, weil er zu dick ist...«
Plötzlich verstummte ich. Es war mir peinlich: Nie zu-

vor war ich soweit gegangen, meinen Vater als »dick« zu bezeichnen, aber anscheinend störte sie das jetzt nicht einmal.
»Doch«, meinte mein Vater, »das ist möglich. Gilbert Croque ist durchaus imstande, so etwas zu tun.«
Um ihn zu trösten, sagte ich: »Hör zu, ich wäre tausendmal lieber dick und arbeitslos als so ein blöder, gertenschlanker Unternehmer namens Knusper – das ist der bescheuertste Name, den ich je gehört habe.«
Mein Vater lächelte ein bißchen, aber das ließ ihn nur noch trauriger aussehen.
»Bitte hol Judith her«, sagte meine Mutter. »Wir müssen ihr schonend beibringen, daß wir dieses Jahr nicht in Skiurlaub fahren können.«
Judith war nicht mal sauer, nein, sie war absolut begeistert. »Juhu!« rief sie und sprang vor Freude im Zimmer herum. »Super! Ich mag sowieso keinen Schnee. Außerdem bleibt Camel auch hier, und ich kann mit ihm spielen!«
»Camel – wer ist denn das?« fragte ich meine Mutter.
Sie antwortete etwas spöttisch: »Judiths Verehrer.«
»Gar nicht wahr«, wehrte sich Judith. »Er ist nicht mein Verehrer.«
Ich sah, daß sie schon wieder den Tränen nahe war, und sagte, um die Situation zu retten: »Aber nein, Mama, er kann nicht ihr Verehrer sein. Judith ist doch noch viel zu klein, um einen Verehrer zu haben.«

Judith war sprachlos. Sie sah mich an, als wollte sie mich in der Luft zerfetzen.

Über Weihnachten zu Hause in Paris bleiben – warum eigentlich nicht? überlegte ich vor dem Schlafengehen nach einem kärglichen, lustlosen gemeinsamen Abendessen. Ich hatte das noch nie erlebt, aber vielleicht war es ja ganz nett. Schließlich blieb Johanna auch in der Stadt. Wir konnten unsere Nachmittage miteinander verbringen, ins »Galaxis«, ein großes Einkaufszentrum in der Nähe, oder ins Kino gehen, bummeln und den Leuten zusehen. Oder zu Hause faulenzen und stundenlang diskutieren. Ich beschloß, sie morgen gleich nach dem Aufstehen anzurufen.

»Hallo, Johanna.«

»Hm??«

»Ich bin's, Julia, habe ich dich geweckt?«

»Nein. Wie geht's? Du bist also nicht beim Skifahren?«

»Nein, stell dir vor, wir fahren dieses Jahr nicht.«

»Warum?«

»Sie haben meinem Vater gekündigt, er ist arbeitslos.«

»Na und?«

»Was heißt: Na und?«

»Was hat denn das mit dem Skiurlaub zu tun?«

»Weiß ich auch nicht.«
»Ich meine, wenn er arbeitslos ist, hat er doch Zeit, mit euch in Urlaub zu fahren, weil er nicht arbeiten gehen muß.«
Johanna hatte recht. Irgend etwas war unlogisch an der Sache. Als die Eltern ankündigten, der Skiurlaub wäre gestrichen, hatte ich das widerspruchslos hingenommen. Sie hatten das so entschieden gesagt, daß ich nie darauf gekommen wäre, daran zu zweifeln.
»Vielleicht haben sie ja nicht mehr genug Geld zum Wegfahren«, überlegte ich.
Johanna meinte: »Das glaube ich nicht. Erstens haben sie bestimmt etwas auf der hohen Kante, und zweitens kriegt dein Vater doch Arbeitslosengeld.«
»Woher willst du das wissen?«
»Von meinem Vater. Der war schon oft arbeitslos. Sobald ihm das Arbeitsamt nichts mehr gibt, arbeitet er wieder ein bißchen, und wenn er wieder Anspruch auf Arbeitslosengeld hat, kündigt er und legt sich wieder auf die faule Haut. Das ist so seine Masche. Nur Tote sind noch fauler als er.«
»Also, du meinst, mein Vater muß nicht mehr arbeiten, kriegt aber trotzdem Kohle, auch wenn er zu Hause bleibt?«
»Genau. Deshalb kapiere ich nicht, was das mit eurem Skiurlaub zu tun hat.«
Ich überlegte ein bißchen und meinte dann: »Aber ich

kann's mir denken. Auch wenn du recht hast – entlassen zu werden ist für meine Eltern keine sehr gute Nachricht. So sind sie halt. Sie könnten sich's zwar zu Hause gutgehen lassen, aber wahrscheinlich haben sie das Gefühl, sie hätten das nicht verdient, sie haben nicht getan, was die anderen von ihnen erwarten. Meinen Vater haben sie zum Beispiel entlassen, weil er zu dick ist.«

»Das glaubst du doch wohl selbst nicht«, meinte Johanna und lachte.

»Na ja, eigentlich kann ich's mir nicht vorstellen, aber anscheinend ist doch was dran. Ist auch egal – jedenfalls war's für die Eltern ein ganz schöner Hammer. Schätze, das ist so, wie wenn man von der Schule fliegt: Erst ist man heilfroh darüber, nicht mehr in die lausige Penne zu müssen, aber dann denkt man an die anderen, die dort sind, und will unbedingt wieder hin...«

Johanna wurde ungeduldig: »Willst du hier Volksreden halten, oder was? Ich kapier' immer noch nicht, worauf du eigentlich hinaus willst.«

»Na, auf das Gesetz der größtmöglichen Scheiße.«

»Wie bitte? Was ist denn das?« fragte Johanna. Ich war zufrieden: Endlich war es mir mal gelungen, sie neugierig zu machen!

»Das ist eine Erfindung meiner Eltern. Sie geht so: Wenn es schlechte Nachrichten gibt, versuchen sie nicht, sich abzulenken, indem sie ins Kino gehen, gut essen gehen oder zum Beispiel erst mal Skiurlaub machen, sondern sie setzen eine andere, noch miesere Nachricht drauf. So nach dem Motto: ›Jetzt, wo eh' schon alles im Eimer ist, genießen wir unser Unglück erst richtig.‹«

»Meinst du wirklich?« fragte Johanna verblüfft.

»Klar«, sagte ich, »ist doch typisch für sie, oder etwa nicht?«

»Also, wenn das stimmt, dann – entschuldige – sind deine Eltern nicht ganz sauber.«

»Aber auch nicht schlimmer als deine.«

Schon bereute ich, daß mir das rausgerutscht war, denn Johanna hatte wirklich nicht die tollsten Eltern. Erstens waren sie geschieden. Das war schon schlimm genug. Dazu kam noch, daß ihr Vater oft vergaß, sie am Wochenende zu sich zu holen, und jedesmal ihren Geburtstag verschwitzte. Ihre Mutter mußte jedes Jahr für drei Monate in eine psychiatrische Anstalt, weil sie manisch depressiv war, und hielt sich die übrige Zeit nur mit Medikamenten aufrecht.

»Fang bloß nicht damit an«, schimpfte Johanna, »unsere Eltern sind es nicht wert, daß wir uns dauernd ihretwegen in die Haare kriegen.«

»Du hast recht. Also, was machst du heute?«

»Och, nichts Besonderes. Wenn du willst, können wir ins ›Galaxis‹ gehen.«

»O.K., um halb drei gegenüber von ›McDonald's‹. Einverstanden?«
»Gut – bis dann.«

Alles lief wie am Schnürchen: Meine Eltern waren voll damit beschäftigt, herumzurechnen, sich gegenseitig Vorwürfe zu machen, sich zu streiten und mir ihren Selbstmord anzudrohen, um sich interessant zu machen. Ich konnte sie also ruhig allein lassen und am Nachmittag mit Johanna ins »Galaxis« gehen, ohne mir Mutters Gesülze anhören zu müssen: »Ich verstehe dich nicht. Wenn ich in einer Stadt wie Paris soviel freie Zeit hätte wie du, würde ich ins Museum, in Ausstellungen oder Vorträge gehen. Wirklich – ich verstehe dich nicht.«
Ich möchte mal wissen, warum das so schwer zu verstehen ist: Bilder sind ja ganz schön, aber vom Rumstehen im Museum tut einem bald der Rücken weh, und mit den Ausstellungen ist es dasselbe, oft sogar noch schlimmer, weil zum Beispiel eine Ausstellung über chinesische Vasen im 30. Jahrhundert vor Mao Tse-Tung nicht nur den Rücken strapaziert, sondern obendrein noch häßlich und kotzlangweilig ist. Ist es so schwer zu verstehen, daß man sich als sechs Tage in der Woche geplagte Schülerin nicht auch noch in den Ferien von einem alten oder (schlimmer!) jungen Kauz einsperren lassen will, um etwas über die Zeichenspra-

che der Ureinwohner Papuas zu erfahren? Es gab nur drei Möglichkeiten: Entweder war meine Mutter geistig unterentwickelt, oder sie machte sich einfach nicht die Mühe, mich zu verstehen, oder sie verstand mich sehr wohl und meckerte nur an mir herum, um mich zu ärgern. Ich glaube, ich brauche nicht zu sagen, welche der drei Möglichkeiten mir am wahrscheinlichsten erschien, ist auch egal. Jedenfalls beschloß ich, die mütterlichen Litaneien diesmal nicht wichtiger zu nehmen als die alten, löcherigen Putzlappen, die meine Mutter immer aufhob, weil man sie vielleicht doch noch mal brauchen würde. Jedenfalls war ich frei – frei, meine Jugend an die Schaufenster zu vergeuden, frei, mich vom Fernsehen verblöden zu lassen, frei, meine Gehirnzellen auf Minimalbetrieb umzuschalten. Das glaubte ich – bis Judith, die ich wieder einmal völlig vergessen hatte, ins Wohnzimmer kam, kurz nachdem ich den Hörer aufgelegt hatte.

»Mama sagt, du sollst dich heute um mich kümmern. Sie hat zuviel zu tun und eine Menge Probleme am Hals, und sie bittet dich, wie eine zweite Mama für mich dazusein.« Während Judith die Worte meiner Mutter wiederholte, klang sie alles andere als überzeugt. Sie wußte, daß ich nicht so ohne weiteres bereit war, ihre Mutter zu spielen. Einen Moment lang dachte ich an die Telefonnummer für mißhandelte Kinder. Ich wollte anrufen und mich beschweren, weil meine Mutter ihre Verantwortung für Judith auf mich abwälzte und mich damit vielleicht auf Lebenszeit seelisch schädigen konnte. Dann verzichtete ich darauf, weil dort nur diejenigen Hilfe bekamen, die von ihren Eltern geschlagen wurden. Wie ungerecht das Leben oft war!

»Was heißt ›wie eine zweite Mama für dich dasein‹?« fragte ich ungehalten. »Was weiß ich, wie man das macht. Weder esse ich ein Stück Fett und sage ›das ist das Beste am Fleisch‹, noch kann ich wie sie in fünf Sekunden Knoten aufmachen oder Schleifen binden oder Gedanken lesen. Ich sage nicht wie sie den ganzen Tag ›Es ist kalt. Zieh dir warme Unterwäsche an‹, ich habe keine solche Angst, daß du überfahren wirst, wenn du allein über die Straße gehst und so weiter.«

»Das macht nichts«, meinte Judith. Sie war bestimmt schon vorher davon überzeugt gewesen, daß ich als Mutter die totale Null wäre.

»Das war es nicht, was Mama sagen wollte.«

»Sondern?« fragte ich, gespannt auf ihre Antwort. »Was wollte sie denn sagen?«

Zu meinem Bedauern war Judith alles andere als dumm: »Na ja, sie wollte sagen, daß du mich überallhin mitnehmen sollst, damit ich nicht allein bin.«

»Was heißt ›allein bin‹, du hast doch deine Freundinnen und Freunde!« gab ich zurück. Ich ahnte schon, daß ich durch diesen Einwand nicht viel erreichen

würde. »Du hast doch Camel, den du besuchen und mit dem du spielen kannst.«
»Nein, Mama hat es mir verboten. Sie hat gesagt, sie will nicht, daß ich wie ein vernachlässigtes Kind herumlaufe, bloß weil sie sich jetzt nicht so um mich kümmern kann, und daß du jetzt bei mir bleiben sollst.«
Ich war also wohl oder übel dazu verdammt, Judith ins »Galaxis« mitzunehmen, eine Stunde lang mit ihr im Spielwarenladen zu stehen anstatt im Schuhgeschäft, ihr ein Eis zu kaufen, keine Cola trinken zu dürfen, damit sie mich nicht verpetzt, und mit Johanna nur in einer Geheimsprache reden zu dürfen. Schließlich hatte ich keinen Bock, Judith etwas von Paulus Stern oder unseren sonstigen Geheimnissen zu erzählen. Ich mußte also Johanna noch mal anrufen, um mit ihr eine Geheimsprache zu verabreden.

»Hallo, Johanna?«
»Ja?«
»Ich bin's noch mal, Julia. Alles klar?«
»Ja. Und bei dir? Hast du was vergessen?«
»Ja, du. Schöne Scheiße. Ich soll Judith mitnehmen und auf sie aufpassen.«
»Na und? Ich mag sie gern, mich stört sie nicht.«
»Weil sie nicht deine kleine Schwester ist. Wenn sie es wäre und dich dauernd verpetzen würde, würdest du anders darüber denken.«

»Petzt sie denn oft?«
»Normalerweise nicht, aber man kann nie wissen. Wahrscheinlich wartet sie nur, bis sie mal ein echtes Geheimnis zu hören kriegt.«
»Glaubst du?«
»Was weiß ich. Ich laß es lieber nicht darauf ankommen. Also, paß auf, Geheimcode für heute nachmittag: Paulus Stern = Mitterrand, Liebe = Bild, lieben = malen, küssen = putzen und... ich glaub', das reicht vorerst. Was meinst du?«
»Warte, ich wiederhole: Paulus = Mitterrand, Liebe = Bild, lieben = malen, küssen = putzen. Das reicht, mehr behalte ich sowieso nicht.«
»Gut. Vergiß das nicht, O.K.?«
»Nein, nein, schon gut.«
Ich legte den Hörer auf und fragte mich, wie man mit drei Wörtern eine ganze Unterhaltung bestreiten sollte. Immerhin beruhigte mich die Tatsache, daß ich auf diese Weise wenigstens die wichtigsten Wörter kodiert hatte. Ich war richtig stolz auf mich.
Gleich danach ging ich in Judiths Zimmer, entschlossen, ihr das mit der »zweiten Mama« heimzuzahlen:
»Judith, was machst du denn da«, sagte ich mit gehetzter Stimme, »in drei Stunden wollen wir gehen!«
Sie zog weiterhin unbeirrt ihre kahlköpfige Puppe mit den beiden Filzaugen an und meinte: »In drei Stunden erst – da hab' ich ja noch jede Menge Zeit!«

»Keine Widerrede«, entgegnete ich scharf. Der Ton war überzeugend, den mußte ich mir für meine eigenen Kinder aufbewahren. »Und überhaupt: Hast du warme Unterwäsche an?«
Ich staunte über mich selbst: Dieser mütterliche Urinstinkt, die richtige Frage im richtigen Moment, der richtige Tonfall, die scharfe Inspektion der Unterwäsche, gewürzt mit moralischen Bemerkungen, und als Krönung des Ganzen der mütterliche Ausdruck: »Es ist nur zu deinem Besten, Liebes. Glaubst du etwa, es macht mir Spaß, Polizei zu spielen?« Natürlich machte es Spaß, Polizei zu spielen, Kinder zu kontrollieren und auf frischer Tat zu ertappen. Jeder Erwachsene, der das Gegenteil behauptet, ist ein gemeiner Lügner! Ich sonnte mich im Glanz meiner neuerworbenen Macht. Im Moment war ich dank Judith mehr als ein Teenager, ich war fast schon eine Frau. Ich sage »fast«, denn es kam mir selbst nicht ganz geheuer vor.
»Ja«, sagte Judith und wurde rot, »ich habe wollene Unterwäsche an.«
»Und warum wirst du dann rot?« fragte ich und riß mit sadistischer Freude an ihrem Pullover, um ihre Aussage zu überprüfen.
»Darum«, antwortete Judith.
Ich schimpfte: »Das ist keine Antwort, das weißt du ganz genau. Ich habe keine Lust, mich mit dir herumzustreiten. Jetzt bin ich nicht mehr deine Schwester,

sondern deine Mutter, und ich verlange, daß du mir die Wahrheit sagst.«

Ich warf mich auf sie und hielt sie an der Taille fest, bevor sie weglaufen konnte. Ich drückte sie auf den Boden, setzte mich auf sie, nahm sie in den Schwitzkasten und zog ihren Pullover hoch, um zu sehen, was sie darunter anhatte. Sie kreischte und tat, als würde sie jeden Moment losheulen.

»Aha«, keuchte ich, »du hast mir mein bestes Unterhemd aus dem Schrank geklaut!«

Ich wollte sie gerade gebührend dafür bestrafen, sie zum Beispiel kitzeln, bis sie vor Lachen Bauchweh bekäme, da kam unsere Mutter zur Tür herein.

»Was ist denn hier los?« fragte sie mit ungewohnt leiser, kraftloser Stimme.

»Julia hat...«, jammerte Judith.

»Ach was, gar nicht wahr«, unterbrach ich sie. »Judith hat mir mein bestes Unterhemd weggenommen, und...«

Ich hörte auf, als ich sah, daß meiner Mutter die Tränen herunterliefen. Sie sprach sanft, fast zart, mit Tremolos (oder heißt es »Tremoli«?) in der Stimme, wie eine amerikanische Filmschauspielerin:

»Julia, was macht es denn schon, wenn Judith dein bestes Unterhemd anzieht? Du magst doch sowieso keine Baumwollunterwäsche. Jeden Morgen muß ich mich mit dir doch deswegen herumstreiten.«

Ich war baff: Zum ersten Mal schlichtete meine Mutter einen Streit zwischen meiner Schwester und mir mit einem logischen Argument. Sonst sagte sie immer: »Sie ist doch jünger, du mußt ihr ein Vorbild sein, sie versteht das noch nicht, sei du die Vernünftige, sie hat es ja nicht absichtlich gemacht, mein Gott, womit hab' ich das bloß verdient, du hast kein Herz, Julia, komm in meine Arme, nein, nicht du, sondern Judith...« Diesmal jedoch hatte sie recht. Eigentlich hätte ich Judith auf Knien dafür danken müssen, daß sie mich von dem Ding befreite. Ich hätte sie ihr alle schenken sollen. Na ja – vielleicht nicht direkt schenken, das wäre zu schade gewesen und hätte ihr ein falsches Bild von der Welt vermittelt, in der wir leben, aber ich hätte sie ihr für ein paar Francs verkaufen können. Egal – was jetzt für mich zählte, war, daß meine Mutter zum ersten Mal in ihrem Leben wie ein normaler Mensch reagiert hatte. Erstaunt sah ich sie an. Immer mehr Tränen kullerten ihr aus den Augen. Es war mir peinlich. Judith warf sich ihr zu Füßen, klammerte sich wie ein Reptil an sie und schluchzte:
»Mama! Nicht weinen! Ich hab' dich doch lieb!«
Was für ein Theater! Es war wie in der amerikanischen Fernsehserie »Unsere kleine Farm«. Dabei eignete sich unsere Familie überhaupt nicht für solche melodramatischen Szenen. Meine Mutter war nicht von der Art, daß man sich ihr voll Überschwang an den Hals warf,

und selbst Judith, ihr Nesthäkchen, die sie mir um Längen vorzog und die manchmal ziemlich verschmust war, erlaubte sich sonst nie derartige Gefühlsausbrüche. Ich selbst wollte beim Anblick meiner weinenden Mutter eher von ihr weg als zu ihr hinlaufen. Ich schämte mich für sie und gleichzeitig auch für mich selbst und wäre am liebsten im Erdboden versunken. Ich fand, eine Mutter hatte nicht das Recht, sich ihren Kindern gegenüber so gehenzulassen und dabei zum ersten Mal in ihrem Leben auch noch vernünftig zu reden! Da fühlte man sich ja wie ein armer Wurm. Wenn sie schon weint, dann wäre ich besser nie geboren, dachte ich und spulte den Film meiner Erinnerung bis zur Geburt zurück. Ich stellte mir vor, ich wäre noch in ihrem Bauch und könnte schreien: »Nein, laßt mich hier drin, lieber werde ich gar nicht erst geboren, als daß ich mit vierzehn meine Mutter einmal richtig weinen sehen muß.« Da ich nun aber nicht mehr zurück konnte, beschloß ich, so zu tun, als wäre ich nicht da, und den Sturm vorüberziehen zu lassen.

Als sie sich wieder beruhigt hatte, sagte meine Mutter: »Julia, ich möchte, daß du dich während der Weihnachtsferien um deine Schwester kümmerst und dich für sie verantwortlich fühlst. Ich weiß, daß du das kannst, wenn du willst, und bitte dich sehr darum. Ich verlaß mich auf dich.« Ich wagte nicht, ihr in die

Augen zu sehen – ich war beschämt und zugleich stolz darauf, daß sie mir so vertraute –, aber ich sah aus dem Augenwinkel heraus ihr bleiches, ernsthaftes Gesicht. Ich sagte mir: Hätte ich nur auch so ein Gesicht, dann hätte ich's viel leichter im Leben. Und ich schwor mir, mein Möglichstes zu tun, um sie nicht zu enttäuschen.

»Also, Judith«, sagte ich, nachdem meine Mutter wieder hinausgegangen war, »wollen wir uns wieder vertragen?«
»Weiß nicht«, murmelte sie, ohne mich anzuschauen. Statt dessen beschäftigte sie sich unentwegt mit ihrer kahlköpfigen Puppe.
»Ja oder nein?« fragte ich, bemüht, nicht zornig zu werden. »Schau Pamela nicht so an, das ist ja schlimm mit dir!« Langsam verlor ich die Geduld.
»Sie heißt nicht Pamela«, meinte Judith kopfschüttelnd, ohne das abscheuliche Ding, das ihre Puppe war, aus den Augen zu lassen.
»So?« fragte ich erstaunt. Ich war sicher, daß die Puppe bislang immer Pamela geheißen hatte. »Wie heißt sie denn dann?«
»Sie heißt Du stinkst«, sagte Judith. Stolz hob sie das kleine Kinn und sah mich an.
Ich dachte: Julia, kein Grund zur Aufregung, die Kleine steht unter Schock. Schließlich hat sie heute zum ersten Mal ihre Mutter weinen sehen, und das hat

vielleicht einen kleinen Rückfall in frühere Entwicklungsstadien in ihr ausgelöst. Das ist ganz normal, sagte ich mir und versuchte gefaßt zu bleiben:

»Das ist aber ein schöner Name! Ist der vielleicht chinesisch?«

»Du stinkst«, wiederholte Judith ungerührt und ohne meine komische Bemerkung zu verstehen.

»Na gut, dann stinke ich eben.« Ich zuckte mit den Schultern und sagte: »Wenn ich nicht mehr stinke, können wir ja ins ›Galaxis‹ gehen.«

4.

Schon Viertel vor drei und noch keine Johanna! Die Türen von »McDonald's« gingen ständig auf und zu, es roch nach Pommes und Hamburgern. Ich fror, mir wurde übel. Judith ging es besser: Sie hatte mit einem Spatz Freundschaft geschlossen, der auf dem Bürgersteig herumhüpfte. Schon seit zehn Minuten sprach sie mit ihm – unbeeindruckt von den Menschenmassen, die an ihr vorbei von der Haltestelle der Linie 27 zu »McDonald's« strömten.
Sie machte mit spitzer, heller Stimme »cuicui-cuicui«, und dem blöden Vogel schien das auch noch zu gefallen. Er hatte keine Angst vor ihr und schaute ihr keck in die Augen. Dabei wippte er unaufhörlich mit dem Kopf, als wollte er sagen: »Ja, schon, aber nein – ja, schon, aber nein...«
Ich sagte: »Judith.« Sie drehte sich nicht um.
Ich rief: »Judith!« Wieder keine Reaktion.
Schließlich drohte ich: »Judith, ich gehe jetzt« und setzte mich in Bewegung.
»Und was ist mit Johanna?« fragte Judith, ohne sich umzudrehen.
»Sie kommt wie immer zu spät. Aber ich hab's jetzt

satt, in dieser Hundekälte und bei dem Gestank der alten Pommes frites zu warten«, antwortete ich laut und ohne Rücksicht darauf, daß ich wohl ziemlich lächerlich wirkte, denn die Leute konnten nur mich und nicht die auf dem Boden sitzende Judith sehen. Sie dachten sicher, ich führe Selbstgespräche. Wahrscheinlich hielten sie mich für meschugge – wie ein altes, obdachloses Weib, das mit seinem leeren Einkaufswagen spricht. Einige sahen mich schon mitleidig an, so daß ich rot wurde und mich in Richtung »Galaxis« bewegte. Es war mir immer noch lieber, Judith den lauernden Gefahren der Metropole zu überlassen, als mich weiterhin der Lächerlichkeit preiszugeben.

Aber so leicht wird man seine kleine Schwester nicht los. Schon nach zehn Metern spürte ich Judiths winzige Hand in meiner Manteltasche.

»Stell dir vor, ich habe einen Spatzen dressiert!« sagte sie, als ob nichts gewesen wäre.

»Toll«, sagte ich. Im Geist sah ich Judith unter Trommelwirbel wagemutig in einen stählernen Käfig treten. Ganz ohne Peitsche präsentierte sie einem Zehntausend-Leute-Publikum den fürchterlichen, erschröcklichen, fünfzehn Gramm wiegenden Spatz.

»Warum warten wir nicht hier auf Johanna?« fragte Judith, der anscheinend weder die Kälte noch der Pommes-Gestank etwas anhaben konnten.

»Sie muß mich falsch verstanden haben. Vielleicht

wartet sie im ›Galaxis‹ auf uns oder vor dem Café. Wir schauen mal nach ihr.«
Das hatte mir gerade noch gefehlt: einen ganzen Nachmittag lang allein mit Judith in der Stadt rumlatschen zu müssen, weil dieses Schaf von Johanna entweder taub oder zu blöd war, eine Verabredung einzuhalten!
Im Einkaufszentrum war die Hölle los. Das Weihnachtsgeschäft war in vollem Gang. Alle diese Leute sahen irgendwie glücklich aus, so selbstzufrieden, daß es mich langsam ekelte. Ich ging schnell durch die Reihen und betete, Johanna möge bald auftauchen. Judith hielt meine Hand und ließ sich von mir durch die Menge ziehen. Vor allem, was auch nur entfernt nach Spielzeug aussah, wollte sie stehenbleiben. Wütend zog ich sie mit langgestrecktem Arm weiter, so daß sie mit den Sohlen ihrer Turnschuhe auf dem falschen Marmorboden entlangschlitterte.
Sie lachte: »Uiiii, das ist ja wie Wasserskifahren! Schau, ich halte nur die Füße gerade, und du ziehst mich!«
Da platzte mir der Kragen, ich ließ los. Sie landete unsanft auf dem Hintern und fing an zu heulen. Das heißt, sie brüllte wie am Spieß, und die Leute drehten sich nach uns um. Wahrscheinlich hielten sie mich für die Mutter, die ihr Kind in jungen Jahren bekommen hatte und jetzt nicht mit ihm zurechtkam. Bestimmt

tuschelten sie einander zu: »Die Arme, als so junge Mutter hat sie's nicht leicht.« Am liebsten wäre ich vom Erdboden verschwunden, aber so sehr ich mich auch konzentrierte, mein Körper blieb hier – bei Judith, die immer noch brüllend auf dem Boden saß und die Aufmerksamkeit aller Passanten auf sich zog.

Auf einmal glaubte ich irgendwo in der Menge Paulus Stern zu sehen. Ich war aber nicht sicher, ob er es war, denn ich hatte ihn nur aus dem Augenwinkel heraus vorbeihuschen sehen. Als ich genauer hinsah, war er schon wieder verschwunden, als wäre er niemals dagewesen. Mir fiel ein Stein vom Herzen. Wenigstens das blieb mir erspart – jetzt Paulus Stern zu begegnen, in diesem Aufzug, schlecht frisiert, in alten Klamotten und obendrein mit der heulenden Judith am Arm! Ich hatte mich bestimmt getäuscht – ich konnte mir nicht vorstellen, daß jemand wie Paulus Stern in den Weihnachtsferien im »Galaxis« einkaufen gehen würde. Eher schon in den feinen Geschäften rund um die Champs-Elysées oder so. Außerdem verbrachte er seine Weihnachtsferien bestimmt nicht in einem Einkaufszentrum, sondern am Strand von Martinique oder sonstwo – wo die Snobs eben Urlaub machen. Schon atmete ich erleichtert auf und überlegte mir, wie ich es anstellen könnte, Judith zu beruhigen und sie zum Weitergehen zu bewegen, da stand Paulus Stern vor mir. Er, den ich am Strand von Martinique oder

sonstwo, aber bestimmt nicht hier vermutet hatte, stand plötzlich da, wie aus dem Boden geschossen oder vom Himmel gefallen. Nur meine kleine Schwester stand zwischen uns. Er sah mich an, ich sah ihn an. Judith hörte auf zu brüllen, als ihr klar wurde, daß es etwas Neues gab und daß sie jetzt nicht mehr der Mittelpunkt des Geschehens war. Sie nahm mich wieder an der Hand und grüßte Paulus höflich: »Guten Tag, mein Herr.«
Sie hatte recht. Paulus sah wie ein Herr und nicht wie ein Schuljunge aus. Er trug ein weißes Hemd, einen schwarzen Anzug und eine schwarze Krawatte, als ginge er zu einer Beerdigung.
»Guten Tag, kleines Fräulein«, erwiderte er ihren Gruß und gab ihr die Hand. Ich wurde richtig eifersüchtig und schämte mich zugleich dafür – so etwas Blödes, ausgerechnet auf Judith eifersüchtig zu sein! Paulus lächelte Judith zu, sie lächelte freundlich zurück. Fast hätte ich gesagt: »Wenn ich euch störe, dann kann ich ja gehen«, aber ich hätte sowieso keinen Ton herausgebracht. Paulus sah mich an, und ich bemerkte, daß er auch keinen Ton rausbrachte. Natürlich sieht man so was nicht, aber man kann es spüren. Gut, daß wenigstens Judith den Mund aufbekam.
»Wer sind Sie denn?« fragte sie – ein sehr guter Anfang, fand ich, und jedenfalls besser als alles, was mir eingefallen wäre.

»Ich bin ein Klassenkamerad von Julia«, sagte er, »und wer bist du?«
»Ich? Ich bin Judith und gehe in dieselbe Klasse wie Camel.«
»Sie ist meine Schwester«, erklärte ich und vermied dabei, Paulus anzuschauen. »Sie ist sechs Jahre alt«, ergänzte ich, um das Gespräch in Gang zu halten.
»Sechseinhalb«, korrigierte mich Judith, »fast schon sieben. In 112 Tagen, acht Stunden und – sie sah auf meine Armbanduhr – zehn Minuten und ein paar Sekunden werde ich sieben.«
Wirklich eine tolle Unterhaltung! Judith war inzwischen ebenfalls verstummt. Unser verlegenes Schweigen hob sich ab vom Lärm des um uns herum tobenden Weihnachtsgeschäfts. Angestrengt starrte ich auf meine Stiefelspitzen, als hätte ich neuerdings den Ehrgeiz, Schuster zu werden und beabsichtigte, nach dem Muster dieser Stiefel mein Gesellenstück zu machen. Dann fixierte ich zur Abwechslung die Schuhe von Paulus. Komisch ist es schon, jemandem so auf die Schuhe zu starren, dachte ich, und etwas unhöflich wohl auch. Seine Schuhe waren schwarz, mit schwarzen Schnürsenkeln, so wie man sie auf einer Beerdigung trägt.
»Gehst du zu einer Beerdigung?« fragte ich. Die Schuhe paßten zu seiner übrigen Kleidung.
Eine Sekunde später war mir diese dämliche Frage ent-

setzlich peinlich. Wenn er Ja sagte, war es unhöflich, weiter zu fragen, zumal wenn es sich um einen nahen Verwandten von ihm handelte. Wenn meine Vermutung nicht stimmte, war es im Grunde noch peinlicher – denn warum sollte er, ein Junge aus wohlhabendem Elternhaus, nicht auch ohne besonderen Anlaß mit Anzug und Krawatte herumlaufen dürfen? Dann mußte er denken, ich käme vom Lande und hätte nicht die geringste Ahnung von gutem Geschmack.
Er antwortete: »Ja.«
Scheiße, dachte ich. Lieber Gott, vernichte mich mit einem Laserstrahl, oder gib mir einen halbwegs vernünftigen, intelligenten Satz ein. Blitzschnell zogen alle möglichen Filme an meinem Gedächtnis vorüber – Szenen, in denen jemand erfuhr, daß die Mutter, der Ehemann, der Bruder oder der Hund eines Bekannten gestorben war. Meist war die Reaktion ein trauriges, verständnisvolles Händeschütteln oder Schulterklopfen, je nachdem, ob das Gegenüber eine Frau oder ein Mann war, und ein gehauchtes »I'm sorry«. Aber so was konnte ich doch unmöglich sagen. Erstens war ich nicht so selbstbewußt wie die in den Filmen, zweitens wußte ich nicht, wer gestorben war, und drittens hätte ich mich durch eine englische Antwort vollends lächerlich gemacht. Am liebsten hätte ich gesagt: »O je, mir fällt dazu nichts ein. Hauptsache, die Leute, die ich kenne, sind noch am Leben.«

Glücklicherweise kam mir Paulus zu Hilfe: »Meine Großmutter, weißt du. Es ist schlimm für mich, aber ich werde darüber hinwegkommen. Du mußt nichts sagen, es braucht dir nicht peinlich zu sein. Sie war schon sehr alt und hat nicht lange leiden müssen.«

Dankbar sah ich zu ihm auf. Ich hätte auch gar nichts sagen können. Als ich ihm in die Augen sah, zog sich mein Magen zusammen, und mir wurde ein wenig schwindlig. Er weinte nicht und sah nicht mal sehr bewegt aus. Es war schwer zu beschreiben – seine Art, mir das zu sagen, sein Verständnis für meine Befangenheit und seine Ehrlichkeit gaben mir einen Stich ins Herz. Ich vergaß fast zu atmen und dachte: Wenn das so weitergeht, komme ich noch ins Guinness-Buch der Rekorde – als Weltmeisterin im Nicht-Luftholen!

»Ich wäre auch sehr traurig, wenn meine Großmutter stirbt«, sagte ich, ohne nachzudenken. Es war das erste, was mir in den Sinn kam, und außerdem mußte ich wieder zu Atem kommen.

»Du hast nur noch eine?« fragte Paulus.

»Ja. Die andere hab' ich nie gekannt. Sie starb schon vor meiner Geburt.«

»Ich habe noch eine Großmutter«, sagte Paulus, »aber die mag ich nicht so gern wie die andere.«

»Wie kannst du das sagen?« fragte ich erstaunt und ärgerte mich gleich wieder über meine Frage.

»Weil es so ist. Sie ist eine richtige Schlampe.«

Nicht jeder wäre so offen gewesen, mitten im Gedränge eines Kaufhauses seine Großmutter einer entfernten Bekannten und ihrer kleinen Schwester gegenüber als Schlampe zu bezeichnen! Judith, die immer begeistert war, wenn sie ein Schimpfwort aufschnappen konnte, brach in schallendes Gelächter aus. Sie ließ sich auf den Boden fallen und kringelte sich vor Lachen. Lachanfälle wie dieser waren bei ihr keine Seltenheit. Als Paulus sie so sah, mußte er auch lachen, und ich lachte, weil er so lachte. Jetzt sahen wir drei so glücklich aus wie alle anderen im »Galaxis«, ja, sogar glücklicher. Wahrscheinlich hielten die Leute uns für ziemlich bescheuert: Wir hatten vor Lachen Tränen in den Augen, und sobald Judith wieder Luft bekam, mußte sie immer wieder zwischen zwei Lachern die Worte »eine richtige Schlampe« wiederholen, und schon prusteten wir alle drei erneut los. Nach einigen Minuten beruhigten wir uns wieder – bis auf ein leises Kichern hie und da, wie ein paar einzelne Kracher nach einem großen Feuerwerk. Judith legte sich auf den Kaufhausboden, um wieder Luft zu kriegen, und ich konnte mir lebhaft vorstellen, was meine Mutter gesagt hätte, hätte sie uns jetzt gesehen: »Judith, steh sofort auf, der Boden ist voller Dreck und Bakterien, pfui Teufel!« Ich wußte, als gute Ersatzmutter hätte ich jetzt etwas Ähnliches sagen sollen, aber ich hatte keine Lust dazu. Erstens glänzten die falschen Marmorfliesen wie frisch geputzt, zweitens sah Judith so witzig aus, wie sie mit gekreuzten Armen und roten Backen auf dem Boden lag und nach Luft schnappte, und drittens ging es jetzt nicht um Hygiene und Erziehung, sondern um mein Gegenüber – den leibhaftigen Paulus Stern! Ich mußte ihn immerzu ansehen und er mich auch. Mein Herz klopfte, und ich verspürte einen Drang, Luftsprünge zu machen, Purzelbäume zu schlagen und die Wände hinaufzulaufen. In meiner augenblicklichen Überspanntheit glich ich dem Wolf in den Comics von Tex Avery, dabei hätte mir als Mädchen die Rolle des Huhns viel besser zu Gesicht gestanden. Aber was soll's – ich bin eben eher dynamisch als romantisch.

Wären wir zwei jetzt Schauspieler in einem amerikanischen Spielfilm gewesen, dann wäre alles um uns herum still geworden. Die Scheinwerfer wären nur auf uns gerichtet gewesen, wir hätten uns wie von Wolken getragen schwebend aufeinander zubewegt und uns dann lange geküßt. Aber so war es natürlich nicht. War auch gut so, denn im Film hätte ich bestimmt »I'm sorry« gesagt, wenn mir Paulus erzählte, daß er zu einer Beerdigung gehe. Und er hätte wohl nie von seiner Großmutter gesprochen, wir hätten nicht gelacht und wären einander nie so nahe gekommen wie jetzt.

Überhaupt war es im Leben ganz anders als im Film. Ich war weder groß noch blond, noch üppig; weder elegant, leidenschaftlich oder geheimnisvoll – eher das

Gegenteil von alledem. Außerdem wollte ich Paulus gar nicht küssen, ich wollte nicht mal seine Hand berühren. Ich wollte einfach nur hier stehen und ihn ansehen – so wie jetzt, bis... bis es nicht mehr ging. Auf einmal war es mir wieder peinlich, besonders in Judiths Gegenwart und angesichts der Dinge, die schon vorgefallen waren – das Kotzen, die Liebesgerüchte, die »Herbstzeitlosen«.

»Also – ich muß jetzt wieder gehen«, sagte Paulus und schlug die Augen nieder.

»Mach's gut«, erwiderte ich.

Dankbar lächelte er mich an. Sein Lächeln warf mich fast um. Halb bewußtlos sah ich, wie er sich entfernte und sich mit einem »Tschüß, kleines Fräulein« von Judith verabschiedete. Sie wickelte schüchtern den Schottenrock um ihren Zeigefinger, legte den Kopf zur Seite und warf ihm ein anmutiges, unwiderstehliches Lächeln zu.

Natürlich befürchtete ich, Judith würde mir jetzt ein Loch in den Bauch fragen, etwa so: »Ist das dein Geliebter? Er ist nett, nicht wahr? Hast du gehört, er nennt mich ›kleines Fräulein‹...« und so weiter. Stattdessen meinte sie trocken: »Wenn du mich zu einem Eis einlädst, sag' ich Mama nichts.«

Ich fiel aus allen Wolken – da war meine Schwester Judith noch nicht mal sieben Jahre alt und versuchte bereits, mich zu erpressen! Und das war noch nicht alles: Sie ließ sich ihr Schweigen nicht nur bezahlen, sondern sie hatte instinktiv erkannt, daß es hier etwas zu verschweigen gab! Was wußte sie in ihrem Alter denn schon von Liebe? Außerdem – was war denn schon zwischen Paulus und mir vorgefallen, das sie nicht hätte erzählen dürfen? Trotzdem, sie hatte recht: Es war mir lieber, meine Mutter erfuhr nichts davon. Um sie ein bißchen zu verunsichern, fragte ich: »Seit wann ist es deine Art, andere zu verpetzen?«

»Ich petze nicht«, antwortete sie. »Wer petzt, verrät, was einer Schlimmes macht. Du hast nichts Schlimmes angestellt.«

Sie sah mich mit ihren großen runden Augen an, als ob sie sagen wollte: »Na, bin ich nicht schlau?« Ich hatte Lust, sie so fest in die Nase zu kneifen, bis ihr die Tränen kämen. Das tat ich manchmal, wenn wir miteinander rauften. Das Beste an dieser Foltermethode war, daß sie etwas Lächerliches hatte: Auch wenn es sehr weh tat und Judith manchmal laut aufschrie, mußte meine Mutter lachen, wenn Judith sagte: »Julia hat mich in die Nase gekniffen.« Für die Erwachsenen klingt das nämlich so harmlos, als wenn man jemanden freundschaftlich in die Wange kneift.

Jetzt hielt ich mich zurück. Ich wollte nicht schon wieder die Aufmerksamkeit der Leute auf uns ziehen. Daher lenkte ich ein:

»Komm, du kriegst dein Eis. Aber denk bloß nicht, ich

hab' Angst, daß du petzt. Das ist mir wurscht. Du kannst Mama sagen, was du willst. Ich lade dich ein, weil ich auch ein Eis mag und weil der Zeitpunkt gerade günstig ist, klar?«
»Klar«, sagte Judith. Ich war sicher, sie hatte von alledem nur das Wort »Eis« verstanden.
Wir gingen ins Untergeschoß zu den Lebensmittelmärkten. Als ich am Supermarkt »Champion« vorbeiging, sah ich Johanna. Sie stand draußen bei den Kassen, mit offenen, wehenden Haaren, ihren Rucksack auf der Schulter. Sie rauchte eine Zigarette, als wollte sie sagen: »Ach was, ich bin nicht mehr vierzehn, das ist ein Irrtum. Ich bin eine erwachsene Frau, sieht man das nicht? Nein, ich warte nicht auf meine Freundin Julia, hier, vor dem ›Champion‹, obwohl wir vor dem ›McDonald's‹ verabredet waren. Ich steh' nur zufällig hier...« Sie sah so gut aus, daß ich dachte: Jetzt muß gleich ein blonder Prinz mit Jeansjacke und Mofa daherkommen.
Einen Augenblick lang zögerte ich, auf sie zuzugehen. Das konnte nicht meine beste Freundin sein. Es kam mir vor, als lebten sie und ich in zwei völlig voneinander getrennten Welten. Ich gehörte noch zu den kindlichen Mädchen, die mit ihren Eltern in den Urlaub fahren und das toll finden, während sie schon zu den unabhängigen jungen Frauen zählte, die einen gut gebauten jungen Mann – am besten Künstler oder so – su-

chen. Gerade wollte ich mich hinter der Rolltreppe verstecken, da sah sie mich. Schwupp, verwandelte sie sich wieder in das Mädchen, das ich kannte. Sie drückte ihre Zigarette aus, grinste mich an, rannte wie ein Junge auf mich zu und rief: »Salut, altes Haus!« Auf einmal wirkte sie nicht viel älter als Judith.

»Wie geht's dir, mein Kleines?«

Sie küßte mich und zwinkerte mir verschwörerisch zu.

»Selber Kleines«, sagte ich und gab ihr mit den Augen zu verstehen, daß ich nicht allein war.

»Hallo, Judith«, grüßte Johanna freundlich. »Du siehst richtig hübsch aus.«

»Ich weiß«, meinte Judith altklug. »Wir haben vorher einen Jungen aus eurer Klasse getroffen, der hat mich ›kleines Fräulein‹ genannt. Dem habe ich auch gefallen.«

»Mitterrand?« wollte Johanna wissen. Sie sah mich prüfend an.

»Ja, ja«, antwortete ich so unauffällig wie möglich.

Judith staunte: »Oh, heißt er wirklich Mitterrand? Wie der aus dem Fernsehen?«

»Ja, er heißt Mitterrand, wie der aus dem Fernsehen«, wiederholte ich.

»Vielleicht ist er ja sein Sohn«, spekulierte sie mit verträumtem Blick. Sie sah sich wohl schon auf der anderen Seite des Bildschirms: wie sie vor laufender Kamera auf den Knien des alten Mannes, der wie Kermit der Frosch aussieht, »Guten Tag, Papa, guten Tag, Mama, guten Tag, Julia, guten Tag, Camel« sagen und dann unter einer blondgelockten Perücke das Abendprogramm ansagen durfte. Die schick gekleideten Fernsehansagerinnen gefielen Judith immer besonders gut.

»Du siehst aber auch prima aus«, wandte ich mich wieder Johanna zu. Erstens stimmte das, und zweitens wollte ich vom Thema ablenken.

Sie entgegnete: »Du machst dich wohl über mich lustig, was? Ich habe total verfilzte Haare und bin angezogen wie der letzte Penner. Außerdem will ich dich daran erinnern: Mitterrand malt dich.«

»Red nicht so über mich«, bat ich, »sonst krieg' ich zuviel.«

»Warum? Hat er dich etwa nicht geputzt?«

Leider war Johanna heute nicht nur sehr attraktiv, sondern um einiges aufgeweckter und neugieriger als sonst.

Judith sah Johanna sprachlos an. Sicher dachte sie: Mit der ist heute nichts anzufangen, der muß das Frühstück nicht bekommen sein. Dann sah sie mich an. Ich reagierte nicht. Kopfschüttelnd ließ sie meine Hand los, nahm einen 20-Francs-Schein aus meiner Hosentasche und ging Eis kaufen.

Jetzt erst konnte ich antworten: »Nein, er hat mich nicht geputzt.«

»Du kannst wieder normal sprechen«, grinste Johanna, »Judith hört dich nicht.«
»Nein, ich kann nicht normal sprechen – davon wird mir übel.«
Johanna starrte mich an. Sie versuchte vergeblich, den Sinn meiner Worte zu ergründen. Sie überlegte wohl gerade, ob ich jetzt wohl eine neue, ganz andere Geheimsprache benutzte.
Schließlich fragte sie: »Was meinst du?«
»Ich meine« – ich wurde rot –, »daß die Wörter ›malen‹ und ›putzen‹ oder vielmehr die Wörter, die damit gemeint sind, bei mir einen Brechreiz verursachen.«
»›Lieben‹ und ›küssen‹?« fragte Johanna ungläubig, aber diesmal wenigstens leise.
»Genau«, seufzte ich.
Sie erklärte: »Dann malst du ihn also. Wenn du ihn nicht malen würdest, wäre dir das egal.«
»Aber das kann doch nicht sein!« Ich hielt meinen Kopf mit beiden Händen fest, als würde er in der nächsten Minute runterfallen. »Es ist unmöglich. Das ist doch gar nicht meine Art. Deine schon, aber ich war immer ganz anders als du. Ich wollte ihn ja nicht mal putzen. Es war ganz anders. Auch er ist ganz anders. Ich bin sicher – auch wenn wir allein gewesen wären, er hätte nicht versucht, mich zu putzen.«
»Wieso? Glaubst du, er ist schwul?« Johanna verschluckte das letzte Wort fast, denn Judith war wieder

im Anmarsch, und man durfte so was in ihrer Gegenwart natürlich nicht sagen.

»Also, manchmal glaube ich, du hast sie nicht mehr alle«, erwiderte ich empört. Dann mußte ich mich Judith zuwenden, die gerade wie verrückt an meinem Ärmel zog.

»Ja doch, zum Kuckuck, was ist denn los?«

»Du mußt kommen, schnell«, schrie sie hysterisch. »Der Eisverkäufer spinnt. Ich sage, ich will eine Kugel Schokolade und eine Kugel Mokka, und er gibt sie mir nicht. Er sagt, Schokolade kriegen nur Jungs und Mokka nur die Erwachsenen. Er gibt mir statt dessen einfach Vanille und Erdbeer, dabei mag ich weder Vanille noch Erdbeer. Außerdem hat er keine Tüten, nur Pappbecher, und man muß mit dem Löffel essen, und...«

Ich unterbrach ihren Redeschwall, mit dem sie uns alle drei fast erschlagen hätte: »Gut, ich komme mit.«

Mir war klar, sie würde sonst keine Ruhe mehr geben. Ich nahm sie also an der Hand und ging mit ihr zum Eisstand. Dabei nahm ich all meine Kraft zusammen und stellte mir vor, ich wäre stark wie der Rächer der Witwen, Waisen und Enterbten. Johanna folgte uns mit einigen Schritten Abstand und zündete sich eine Zigarette an, zum Zeichen, daß sie das Interesse an der Situation verloren hatte und es vorläufig aufgab, mir weiterhin Würmer aus der Nase zu ziehen.

Der Eismann grinste, als er Judith zurückkommen sah.
»Sie geben jetzt bitte diesem Mädchen auf der Stelle eine Kugel Schokolade und eine Kugel Mokka«, befahl ich ihm mit vernichtendem Blick. »Sie haben wohl noch nie etwas von der Emanzipation der Frau gehört, wie? Ich weise Sie darauf hin, daß heutzutage auch weibliche Wesen Schokolade essen dürfen. Was das Mokka-Eis angeht – meine Mutter wäre wohl nicht damit einverstanden, aber ich sehe nicht ein, warum nur die Erwachsenen Mokka-Eis essen dürfen. Tun Sie also bitte, was ich sage!«
Der Eisverkäufer – ich sah erst jetzt, daß er höchstens fünf Jahre älter war als ich – schüttelte den Kopf, als wollte er sagen: »Die ist doch nicht ganz frisch in der Birne.« Dann gab er Judith, was sie wollte, und sagte zu mir: »Du hast wohl wenig Sinn für Humor, was?«
Dieser Schuft erlaubte sich, mich zu duzen! Und das war noch nicht alles: Nicht nur, daß er etwa in meinem Alter war, nein, als ob das nicht gereicht hätte, um mich zu ärgern, sah er auch noch ziemlich gut aus! Ich tröstete mich, indem ich mir sagte: Der ist bestimmt dumm wie Bohnenstroh. Außerdem hatte ich ja an Jungen sowieso kein Interesse – anders als Johanna, die eine Kugel Vanille und eine Kugel Erdbeer bei ihm kaufte, obwohl sie sich eigentlich überhaupt nichts aus Eis machte.

Lässig trat sie an den Stand, beugte sich vor, so daß der Typ ihr in den Ausschnitt sehen konnte, ließ die Tasche von der Schulter gleiten und fuhr sich gekonnt mit der Hand durch die Haare. Sie war eine Meisterin im Flirten.

Ich kapierte und zog mit Judith ab, damit Johanna ungestört ihren weiblichen Charme entfalten konnte. Bevor ich von der Bildfläche verschwand, drehte ich mich aber noch mal zu dem Playboy von einem Eismann um und schimpfte: »Im übrigen haben Sie kein Recht, mich zu duzen!«

Das war ein Satz, den ich kürzlich in einem Fernsehkrimi gehört hatte und der bestimmt Eindruck auf ihn machen würde. Aber er hörte gar nicht hin, denn er hatte nur noch Augen für Johanna.

»Warum warten wir nicht auf Johanna?« fragte Judith, als wir das Einkaufszentrum verließen.

»Die hat jetzt keine Zeit für uns«, sagte ich. Vor allem war ich traurig, aber auch ein bißchen zornig und eifersüchtig. »Dabei sind wir noch nicht mal im Spielzeugladen gewesen!« rief Judith und blieb mitten auf dem Bürgersteig stehen, als hätte sie diese Feststellung all ihrer Kräfte beraubt.

»Nein!« sagt ich unnachgiebig, indem ich ihre Hand losließ, um weitergehen zu können. Doch genau das hätte ich niemals tun dürfen. Sofort fing Judith wieder zu heulen an und Millionen von Tränen zu vergießen, so daß die ganze Welt an ihrer abgrundtiefen Verzweiflung teilhaben konnte.

»Ich will Spielsachen angucken«, stieß sic zwischen zwei herzzerreißenden Schluchzern hervor. »Und ich wollte im Café Eis essen, weil es draußen zu kalt ist. Und ich soll nicht rausgehen, wenn es regnet, weil ich erkältet bin.«

Wieder starrten alle Passanten erst sie und dann mich an, teils mitleidig, teils verärgert. »Schon wieder dieses junge Ding, das nicht weiß, wie man mit einem Kind umgeht. So jung und schon Mutter – o je, das kann ja nichts werden!« las ich in den Gesichtern der welterfahrenen Damen und allwissenden Mütter. Um ihnen zu zeigen, daß nicht Judith, sondern ich zu bedauern war, fing ich auch an zu heulen, und zwar noch lauter als Judith.

»Hör sofort auf«, stieß ich zwischen zwei Schluchzern hervor, »du meinst wohl, weil Mama nicht da ist...« – das sagte ich betont deutlich, damit all diese Schreckschrauben es hören konnten –, »...kannst du mit mir machen, was du willst, wie?«

Judith war nicht gewohnt, mich weinen zu sehen. Sie war sofort still, faßte meine Hand und zog mich an die Kreuzung, um möglichst rasch mit mir über die Straße zu laufen und mich nicht länger der Lächerlichkeit preiszugeben. Auf dem Heimweg sprachen wir beide kein Wort mehr.

Als wir zu Hause ankamen, war es draußen schon dunkel. Drinnen auch. In der Wohnung herrschte Totenstille wie im Grab Ramses' II. Schweigend brachte ich Judith in ihr Zimmer und schloß mich dann in meinem ein, ohne mich dafür zu interessieren, wo die Eltern steckten, was sie machten und ob sie nicht vielleicht inzwischen den Gashahn aufgedreht hatten. Ich hatte nicht den Nerv, jetzt noch meiner Mutter zu begegnen, egal, welcher von beiden – der alten hysterisch-indiskret-unlogischen oder der neuen ruhig-traurig-vernünftigen. Ich legte mich aufs Bett und ließ die Szene im »Galaxis« noch einmal langsam an mir vorüberziehen. Ich fühlte mich zugleich schwerelos und sehr müde, genau wie abends nach dem Skifahren. Am allerersten Abend eines jeden Skiurlaubs warf ich mich immer aufs Bett und spürte die bleierne Müdigkeit in mir hochkriechen – den ganzen Tag Sonne, Schnee, Kälte, Anstehen am Lift, nichts Gescheites zu essen, nur eine Portion Pommes frites im Fäustling, und dann abends jeden Muskel einzeln spüren! Diese Benommenheit glich derjenigen, die ich im Augenblick verspürte. Vielleicht war die Liebe so was Ähnliches wie Sport, wie Verreisen oder wie Schulferien? Rasch verwarf ich diesen Gedanken wieder, denn erstens war er so banal wie diejenigen von Nadine-der-ach-so-Vernünftigen, und zweitens bezweifelte ich, ob das, was ich heute gefühlt hatte, Liebe war. Wie ich vorhin zu

Johanna gesagt hatte: Die Liebe war nichts für mich. Und wenn der schönste Junge der Welt von mir träumte – mir war das ziemlich wurscht!
Einige Zeit später wurde es mir dann doch zu dumm, mir über Paulus den Kopf zu zerbrechen, und darüber, ob es jetzt vielleicht passiert war – ob ich etwa heute nachmittag innerhalb von fünf Minuten zur Frau geworden und in den Club, dem Johanna von jeher angehört hatte, aufgenommen worden war. Statt dessen beschloß ich, doch noch nach den Eltern zu sehen und sie aus den Höhlen ihres Selbstmitleids herauszureißen. Mein Vater lag im Schlafzimmer, über meine Mutter stolperte ich im Wohnzimmer. Beide waren sie, jeder auf seine Weise, in Gedanken verloren und unansprechbar. Als ich sah, wie düster ihre Gesichter waren und wie apathisch beide in ihrem Eck lagen, wußte ich, daß es sinnlos war, jetzt mit ihnen zu reden. Anstatt daß sie froh waren, auf diese Weise Geld für die Beleuchtung zu sparen! Wenn sie weiterhin ewig im Dunkeln herumsitzen wollten, würde Vaters Arbeitslosengeld der Familie bis in die siebte Generation zum Unterhalt reichen. Also kein Grund zur Panik. Was mir im Moment mehr Sorgen machte, war, daß es schon halb acht war, aber nichts brutzelte, kochte, klapperte und duftete. Hatten sie gar beschlossen, nach der Beleuchtung nun auch noch aufs Essen zu verzichten? Vielleicht hatte Vater angeord-

net, die ganze Familie solle in den Hungerstreik treten, um seinen Chef zum Einlenken zu bewegen? Ich hielt es nicht mehr aus und fragte zaghaft in Richtung des Bündels auf dem Sofa, das ich anhand der Kleidung als meine Mutter identifizierte: »Was gibt es heute abend zu essen?« Sie murmelte, ohne mich anzusehen, etwas von einer Dose Ravioli, die ich mir warm machen könne.

Zehn Minuten später saßen wir am Küchentisch, Judith und ich, vor uns unsere alten Kinderteller aus Plastik, und aßen Ravioli mit geriebenem Käse. Die Büchse Ravioli mußte schon jahrelang im verborgensten Winkel der Speisekammer gestanden haben, denn Mutter mochte keine Konserven. Wahrscheinlich hatte Tante Gilda die Dose einst gekauft. Als einzige der Familie war sie wie ich der Meinung gewesen, daß Dosenfutter immer noch besser schmecke als Spinat, auch wenn er frisch aus dem Garten kommt.

»Darf Du stinkst mit uns essen?« fragte mich Judith.

»Ja«, sagte ich. Ich war froh, jemanden einladen zu können, auch wenn es nur eine leblose Puppe war. »Sie kann gern mitessen. Wenn die Eltern meinen, sie müßten hier einen auf depressiv machen, gilt das noch lange nicht für uns.«

5.

Gegen neun Uhr klingelte das Telefon. Es war immer noch totenstill und stockfinster in der Wohnung.

»Hallo«, meldete ich mich mürrisch.

»Guten Tag. Kann ich bitte Julia sprechen?«

»Tust du bereits, du Eumel.«

»Du klingst heute so anders. Als ob du geweint hättest.«

»Und wenn schon«, sagte ich wütend. Ich hatte tatsächlich geweint. »Rufst du an, um mich das zu fragen? Das eine sag' ich dir: Wenn du noch mal jemanden an meinem Innenleben teilhaben läßt, dann laß es das nächstemal gleich in die Zeitung setzen! Dann ist es aus zwischen uns!«

»Sag mal, warum bist du so übel drauf? Hast du was Schlechtes gegessen?«

»Ich hab' Ravioli gegessen.«

»Aus der Dose?«

»Ja.«

»Na, dann wundert mich nichts mehr. Meine Mutter macht nie Ravioli aus der Dose. Sie sagt, die machen bloß dick und bestehen aus lauter Speiseabfällen. Weißt du, was sie statt dessen macht?«

»Nee.«
»Sie macht frische Ravioli. Die sind aber auch nicht besser – fad und weich und eklig.«
»Komisch«, sagte ich, »selbst in der Schulkantine gibt es keine frischen Ravioli.« Meine Laune besserte sich zusehends. Das war genau die Art Unterhaltung, die ich mochte. »Dabei dachte ich immer, das wäre genau das richtige für 'ne Kantine. Seltsam, was?«
»Ja, seltsam. Aber weißt du was?«
»Nein.«
»Warte, Ich zünd' mir nur schnell eine an.«
Ich verdrehte die Augen und ballte die Fäuste.
Ich hörte, wie sie einen tiefen, langen Zug machte. Anschließend sagte sie: »Das errätst du nie.«
»Doch, ich glaub' schon«, erwiderte ich. »Sicher bist du mit dem Eisfritzen ausgegangen.«
»Stimmt.«
»Ist das alles?«
»Na ja – immerhin.«
»Könnte es sein, daß er ziemlich doof ist?«
»Ach was, ›doof‹ – du findest ja immer was an meinen Typen auszusetzen…«
»Tja, vielleicht bin ich ja ein bißchen eifersüchtig.«
»Da soll sich noch einer mit dir auskennen. Heute nachmittag mimst du noch die keusche Heilige, und auf einmal wirst du zum Vamp, nur weil du Ravioli aus der Dose gegessen hast.«

»Nein, das meine ich nicht. Es ist schwer zu erklären. Ich weiß nicht, was zur Zeit mit mir los ist. Ich fühle mich so... leer. Ich liege da im Dunkeln auf dem Wohnzimmersofa. Alle schlafen, aber ich...«

»Es ist doch erst Viertel nach neun. Ein bißchen früh zum Schlafen, noch dazu in den Ferien, findest du nicht?«

»Nicht für Familie Fuchs. In Krisenzeiten wie dieser werden bei uns die Tage kürzer. Da es im Winter nicht lange hell bleibt und meine Eltern aus lauter Frust kein Licht mehr anmachen, gehen sie jetzt immer mit den Hühnern schlafen.«

»Du willst mich wohl verkohlen, was?«

»Nein, Ehrenwort. Die pennen alle schon.«

»Aber warum machen sie denn so ein Drama draus? Arbeitslos zu sein – na ja, es gibt sicher Schöneres, aber so schlimm ist das doch auch nicht. Was hat dein Vater eigentlich beruflich gemacht?«

»Ich glaub', er war Abteilungsleiter in einer Fabrik.«

»Aha. Mädchen für alles sozusagen. Muß ja 'ne ziemlich stumpfsinnige Arbeit gewesen sein.«

»Schon möglich. Er hat darüber nie gesprochen. Er spricht überhaupt recht wenig.«

»Alle Väter sind so, da kann ich dich beruhigen. Und ich kann dir darüber hinaus versichern: Alle Männer sind so.«

»He, halt mal. Was weißt du von den Männern?«

»Jedenfalls mehr als du.«
»Das ist keine Kunst.«
»Vergiß es, deshalb hab' ich nicht angerufen.«
»So? Und ich dachte, du hättest mich extra angerufen, um mir zu sagen, wie gut du die Männer kennst.«
»Das ist wohl deine Art Humor, was? Neulich hast du gesagt, ich käme mit deiner Art Humor nicht klar.«
»Ja, es war meine Art Humor. Aber jetzt, wo du danach gefragt hast, ist der Humor natürlich flöten.«
»Julia, du kannst mich mal.«
»Johanna, gehe ich dir denn vielleicht auf die Nerven?«
»Wenn ich dir einen guten Rat geben darf: Iß nie mehr Ravioli!«
Peng! Johanna hatte aufgelegt. Sie war wieder mal sauer auf mich. Und das konnte wer weiß wie lange dauern. Da saß ich nun im Dunkeln am Boden, einen toten, sinnlosen Telefonhörer in der Hand. So was Blödes – jetzt hatte ich es schon so weit gebracht, daß meine beste Freundin genervt den Hörer auf die Gabel knallte. Dabei sehnte ich mich so nach einem guten, ernsthaften Gespräch! Es war, wie ich es ihr beschrieben hatte: Ich fühlte mich leer, und gleichzeitig merkte ich, daß ich irgendwas loswerden mußte. Was, wußte ich selbst nicht. Es war, als ob ein kleines Männchen in mir hauste und mir den Brustkorb durchpflügte. Außerdem kam es mir die ganze Zeit so vor, als hätte

ich aus Versehen ein Metronom verschluckt, das anstelle meines Herzens mit hundertachtzig Schlägen pro Minute pochte! Ich fühlte mich seltsam – hohl, erschöpft und von einem kalten Feuer durchglüht, das, sobald ich die Augen schloß, vom Brustbein ausgehend bis hinter die Pupillen vordrang. Wie hätte ich das Johanna erklären sollen? Sie hätte sich sicher nur über mich lustig gemacht oder gesagt: »Kaltes Feuer – das ist doch ein totaler Widerspruch in sich.« Darauf hätte ich auch keine Antwort gewußt. Ich konnte es nur so bezeichnen, so ähnlich, wie es die surrealistischen Dichter taten, um einen Zustand zu beschreiben, den ich lieber nicht genauer kennenlernen und benennen wollte. Immer wieder sagte ich mir: »Ich liebe Paulus Stern nicht«, so lange, bis ich felsenfest davon überzeugt war. Ich dachte, was ich mit Paulus erlebt hatte, war besser als die Liebe, denn wenn die Liebe etwas so Schönes, Starkes, einfach Unglaubliches wäre, dann hätte ich das irgendwie erfahren – vom Hörensagen, von Freundinnen oder aus Büchern. Ich las damals sehr viel, vor allem Romane. In ihnen war auch von Liebe die Rede. Aber das, was ich da las, war immer dasselbe. Es war mir nie so außergewöhnlich, so rein und beneidenswert vorgekommen. Das, was ich im Moment, auf dem Sofa liegend, im Dunkeln empfand, war mit Worten nicht zu beschreiben. Ich mußte nicht mal an Paulus denken. Ich genügte mir selbst. Nur mein Körper auf dem grüngrauen Polster, sonst nichts. Sobald ich die Augen aufschlug, war das Gefühl weg, aber ich brauchte sie nur zuzumachen, schon existierte ich so stark, daß ich um mich herum nichts mehr spürte.

Judith kam ins Wohnzimmer und riß mich aus diesem tranceähnlichen Dämmerzustand.

»Du stinkst hat sich den Arm gebrochen«, murmelte sie. Sie wollte mich nicht wecken.

»Ich schlafe nicht«, sagte ich, »du kannst ruhig lauter reden. Außerdem«, ich stützte mich auf einen Ellenbogen, »verstehe ich nicht, warum du überhaupt was sagst, wenn du denkst, ich schlafe.«

»Man weiß ja nie«, entgegnete sie in normaler Lautstärke, weise wie ein Sioux-Häuptling.

»Zeig mal.« Ich untersuchte Du stinkst eingehend.

»Sie hat nicht leiden müssen«, meinte Judith. Sie hatte ein gutes Gedächtnis für Redensarten.

Nur mit Mühe konnte ich ein Lachen unterdrücken: »Das ist ja sehr schön, aber das sagt man doch nur, wenn jemand gestorben ist.«

»Ja, eben«, erwiderte Judith traurig, aber gefaßt. »Du stinkst ist gestorben.«

»Aber Judith, das ist unmöglich, man stirbt doch nicht an einem gebrochenen Arm.«

»Doch.«

»Nein.«

»Doch. Wenn ich's dir doch sage. Puppen sind nicht so wie wir. Die können an einem gebrochenen Arm sterben.«

»Ach so.«

Auch mir tat Pamela alias Du stinkst leid, weil sie im zarten Alter von drei Jahren an einem gebrochenen Arm sterben mußte. »Was meinst du, was sollen wir jetzt mit ihr machen?«

»Ich will sie beerdigen – in der Mülltonne.«

»Aber das kannst du ihr doch nicht antun. Schließlich war sie jahrelang deine Lieblingspuppe.«

Judith ließ den Kopf sinken. Sie antwortete nicht. Zwei große Tränen kullerten über ihre Wangen, eine rechts und eine links. Ich legte mich wieder aufs Kanapee, im einen Arm hielt ich Du stinkst, im anderen meine kleine Schwester.

»Du wirst sehen«, sagte ich, »morgen wird sie wiederauferstehen.« Judith konnte mich nicht mehr hören. Sie schlief schon.

Gegen Mitternacht wachte ich auf, weil mir kalt war. Ich öffnete die Augen. Das erste, was ich sah, war Judiths rundes Gesicht neben mir. Ihre Augen waren zu, ihr Mund offen. Auf der Seite, wo ihr Körper sich an meinen schmiegte, war es warm. Als ich ihre Hand in meine nahm und sie anschließend wieder losließ, fiel ihr Arm auf die Seite zurück; sie schlief also fest. Ich wollte leise aufstehen und sie in ihr Bett tragen, aber sobald ich mich erhoben hatte, war sie hellwach. Sie sah mich mit großen Augen an, nahm Du stinkst an der Hand und verschwand wortlos in ihr Zimmer. Warum war nachts alles anders? Warum ging man wie ein Schlafwandler mit offenen Augen und ohne ein Wort sagen zu können ins Bett? Ich machte es später offenbar selbst nicht anders, denn als mein Wecker um halb acht klingelte, weil ich vergessen hatte, ihn auf Ferienzeit umzustellen, wachte ich in meinem Bett auf.

Inzwischen war etwas Leben in die Wohnung zurückgekehrt. In der Küche lief das Radio, und ich hörte meine Mutter mit Geschirr und Besteck klappern. Das »Ping« des Toasters veranlaßte mich schließlich aufzustehen.

Draußen war es noch dunkel, und wir wissen alle, wie trist so ein gemeinsames Frühstück im Winter ist, wenn es draußen noch Nacht und drinnen ziemlich kalt ist und jeder den anderen kaum erkennt, weil jeder in einen dicken Morgenmantel eingehüllt ist. Trotzdem herrschte heute eine gute Atmosphäre. Vielleicht kam es mir auch nur so vor – weil die Stimmung gestern noch so schlecht gewesen war, weil ich alles durch die rosa Brille der Verliebten sah oder was weiß ich –, jedenfalls genoß ich, daß es bei uns wieder normal zuging: Mama goß Kaffee ein, Papa saß mit gesenktem Kopf da, die Nase beinahe in der leeren Tasse, und

Judith hockte zusammengesunken in ihrem Stuhl, die Augen einen Fingerbreit über der Schale mit dampfend heißem Kakao. Normalerweise sagte meine Mutter: »Hallo, Julia. Was machst du denn schon um diese Zeit hier? Du schläfst doch sonst immer so lang, wenn Ferien sind.« Da kam man sich richtig daneben vor. Oder mein Vater mit Grabesstimme: »Julia, bitte stell den Zucker für Mama und Judith raus und für mich den Süßstoff.« Oder Judith fing zu heulen an, weil sie sich die Zunge am heißen Kakao verbrannt hatte. Nichts von alledem – heute war es so, als hätte sich die ganze Familie auf einen Waffenstillstand verständigt. Ohne mir viel dabei zu denken und weil es zur Harmonie des Morgens paßte, nahm ich die vier Scheiben Weißbrot aus dem Toaster, schmierte Butter darauf und gab je zwei meiner Mutter und Judith. Gerade dachte ich: Siehst du, Julia, wenn es auch selten vorkommt – deine Familie kann sich gelegentlich auch normal benehmen, so wie andere Familien, da fragte Judith, wobei sie ihre Kakaoschale ungeschickt hinstellte:
»Ist heute nicht Weihnachten?«
Meine Eltern blickten einander über den Tisch hinweg vielsagend an. Meine Mutter blieb versehentlich mit der Kaffeekanne am Ausguß hängen, und etwas heißes Wasser schwappte über. Sie fluchte mit zusammengebissenen Zähnen. Mein Vater räusperte sich, und ich

zog in Erwartung des Kommenden den Kopf ein. Familie Fuchs in friedlicher Eintracht am Frühstückstisch – das war eben doch zu schön, um wahr zu sein!
»Nein, das ist morgen«, antwortete meine Mutter und stellte die Kaffeekanne auf das Stövchen. »Aber diesmal wird Weihnachten bei uns nicht so wie sonst.«
Da war es wieder, das Gesetz der größtmöglichen Scheiße – genau wie ich es Johanna gesagt hatte.
»Warum haben wir dieses Jahr keinen Weihnachtsbaum?« fragte Judith, um das Maß vollzumachen.
Vater wurde unruhig: »Meine liebe Judith ...«
Immer wenn er einen Satz mit »meine liebe« anfing, mußte man sich auf das Schlimmste gefaßt machen. Genauso hatte er damals den Satz begonnen, in dem er mir mitteilte, daß Tante Gilda gestorben war. Damals sagte er: »Meine liebe Julia, du mußt jetzt sehr tapfer sein. Es ist etwas sehr Trauriges passiert ...« Ich dachte sofort, Judith oder Mama oder beide wären verschwunden, und sagte mir im stillen: Das ist hart, aber du wirst tapfer sein und du wirst es überstehen. Als er aber fortfuhr: »Tante Gilda ist gestorben«, war es wirklich schrecklich für mich. Es gibt einfach Leute, die nicht sterben dürften, weil sie zu kostbar sind. Jemand wie Tante Gilda hätte, wenn es nach mir ginge, frühestens mit 300 Jahren sterben dürfen, auf jeden Fall erst nach mir und erst nach vielen, vielen anderen Menschen, deren Tod mich eher kalt läßt. Damit meine ich

natürlich nicht Mama oder Judith, aber solche Leute wie zum Beispiel diesen Monsieur Croque, Papas Chef.

Das einzige, was mich im Moment etwas beruhigte, war, daß es nichts Schlimmeres als Tante Gildas Tod für mich geben konnte, auch wenn Vater schon wieder mit »meine liebe« anfing:

»Meine liebe Judith, du weißt doch, daß ich entlassen worden bin?«

Schweigend nickte Judith.

»Deswegen haben wir es jetzt alle schwerer, weißt du. Wir haben nicht mehr soviel Geld und können uns nicht mehr soviel leisten wie bisher. Wir müssen sparen...«

»Aber ich hab' Geld«, unterbrach Judith ihn, »ich hab' was gespart. Leider darf ich es dir nicht geben, weil ich mir damit was kaufen soll, was mir Freude macht.«

Das hatten ihr die Eltern Wort für Wort gesagt, als sie ihr damals die Sparbüchse voller Centimes-Stücke geschenkt hatten, damit sie mit Geld umgehen lernte. Sie hatte sich damals gleich beim Bäcker ein Hörnchen davon gekauft. Mein Vater fuhr ihr zärtlich durchs Haar:

»Nein, mein Kleines, wir wollen dein Geld nicht. Ich meine nur, wir sollten ein bißchen was für den Notfall beiseite legen, verstehst du?«

Judith nickte.

»Deshalb können wir dieses Jahr eben nicht so richtig Weihnachten feiern.«
So eine Unverschämtheit, dachte ich, die lügen doch wie gedruckt! Und das Arbeitslosengeld, was war mit dem? Und da taten sie so, als hätten wir nicht mal mehr genug Geld, uns Brot zu kaufen! Natürlich hätte ich besser nichts gesagt, aber es mußte einfach heraus:
»Das verstehe ich nicht, Vater. Wenn einem von der Firma gekündigt wird, kriegt man doch Arbeitslosengeld und außerdem eine Art Abfindung von der Firma, oder nicht?«
»Woher weißt du das?« wollte meine Mutter wissen. Es klang, als hätte sie Angst, ich wolle ihr das ganze selbstinszenierte Theater verderben.
»Von Johanna. Ihr Vater lebt oft monatelang nur auf Kosten des Arbeitsamts. Außerdem haben wir letztes Jahr in Sozialkunde gelernt: Wenn man die Kündigungsabfindung und das Arbeitslosengeld bekommt, hat man noch ein Jahr lang etwa 70 Prozent vom letzten Nettogehalt. Also kein Grund zur Panik, Vater. Wir müssen ja kein bombastisches Weihnachtsfest haben mit Trüffeln und, weiß der Kuckuck, mit dem ganzen Geschenkerummel, den die anderen deswegen machen, aber am Hungertuch zu nagen brauchen wir deshalb auch nicht!«
Schon während ich sprach, wußte ich, daß es zwecklos war, daß ich lieber den Mund gehalten hätte. Denn das

war eine der Angelegenheiten, in die wir Kinder den Eltern nicht reinreden durften. Und wenn ich tausendmal recht hatte – das war Elternsache, das ging mich nichts an. Und belehren hätte ich sie schon gar nicht dürfen. Aber was soll's? Was hatten sie davon, uns zu belügen und unnötig Trübsal zu blasen? Ich hatte das auch nicht meinetwegen gesagt – mir war Weihnachten schnuppe und Jesus auch, und ich wußte nicht, warum ich dann seine Geburt feiern sollte –, sondern Judith und auch den Eltern zuliebe, denn sie konnten einem allmählich leid tun.

»Julia, geh sofort hinaus!« befahl meine Mutter wütend. »Ab in dein Zimmer! Ich will dich heute nicht mehr sehen!«

»Scheiße!« rief ich, »ich hab' noch nicht mal gefrühstückt!«

Mein Vater stand auf und haute mir eine runter.

»Scheiße!« schimpfte ich noch mal, ohne zu weinen.

Beim Hinausgehen warf ich beiden Eltern noch haßerfüllte Blicke zu. Dann schloß ich mich in mein Zimmer ein.

Durch die Zwischenwand hindurch hörte ich, wie Judith zu weinen anfing, wie meine Mutter eine Tasse zerbrach und meinen Vater anschrie:

»Was fällt dir ein, ihr eine Ohrfeige zu geben? Ohne geht es wohl bei dir nicht, wie? Ich will dir mal was sagen: Wir haben unsere Kinder bis heute nie geschlagen, und wir fangen jetzt ganz bestimmt nicht damit an!«

Ich konnte mir lebhaft vorstellen, wie mein Vater jetzt auf seinem Stuhl in sich zusammensackte wie ein geprügelter Hund. Lieber hätte ich noch tausend Ohrfeigen kassiert, als meine Mutter so mit ihm reden zu hören. Wie scheinheilig sie doch war! Nein, Ohrfeigen gab's bei ihr nicht; dafür ließ sie mich jede Minute spüren, daß ich nicht die Tochter war, die sie sich wünschte. Ständig hatte sie etwas an mir auszusetzen: Mal war ich ihr zu frech, mal zu schlampig angezogen, zu schlecht frisiert, zu groß, zu mager, nicht romantisch genug. Konnte ich es ihr je recht machen? Wenn ich so darüber nachdachte, kamen mir die Tränen, aber ich hielt sie zurück – aus Stolz, vor allem aber aus Trotz. Am Ende, dachte ich, wird man schon sehen, wer die Stärkere ist. Mit diesem Gedanken schlief ich wieder ein, da ich nichts Besseres zu tun hatte.

Die Stimme meiner Mutter riß mich aus meinen Träumen: »Julia, wach auf, Telefon für dich!«

Mit noch halb geschlossenen Augen sah ich meine Mutter neben mir stehen. Sie lächelte – nicht mit dem Mund, nur mit den Augen. Ich konnte ihr Parfum riechen. Es war der Duft, den sie immer schon an sich gehabt hatte und immer haben würde, der Duft meiner

Mama! Unwillkürlich umarmte ich sie und legte den Kopf an ihre Brust.
Ich hörte ihr Herz schlagen. Es schlug dreimal, bevor sie sanft meinen Kopf wegschob und mir über die Wange streichelte.
»Komm jetzt«, meinte sie, »sonst legt der Anrufer wieder auf.«
Ich stieg aus dem Bett und lief ins Wohnzimmer.
»Hallo?«
»Hallo. Ich hoffe, ich hab' dich nicht geweckt?«
»Nein. Wer ist da?«
»Pardon... ich bin's, Paulus Stern.«
Du bist gut – als ob ich zwei Jungen namens Paulus kennen würde, dachte ich.
»Wie geht's dir?« fragte ich. Das war das einzige, was mir zu dieser frühen Stunde einfiel.
»Ach, ganz gut.«
Einen Moment lang war es still. Ich hätte auch gar nichts sagen können, weil ich gerade gähnen mußte.
Schließlich sagte er: »Ich wollte mich bei dir bedanken. Weißt du, es hat mir richtig gutgetan, mal wieder so zu lachen, bevor ich auf die Beerdigung ging – so gut, daß ich danach noch mal ins »Galaxis« zurückgegangen bin, um zu sehen, ob du noch da bist. Das war natürlich Blödsinn, denn es war schon sieben – und die Läden machten gerade zu. Aber... es ist so entsetz-

lich, eine Leiche ansehen zu müssen. Für mich war es das erste Mal.«

»Ich habe noch nie eine gesehen. Als meine Tante Gilda starb, habe ich mich geweigert, sie noch einmal anzusehen. Inzwischen tut es mir leid, weil... na ja, ich weiß auch nicht, warum.«

»Es ist ein unangenehmer, kalter Anblick. Ansonsten ist nichts Besonderes dabei. Dieselbe Person, die du seit jeher kennst, nur – kannst du nicht mehr mit ihr sprechen, oder vielmehr: Sie kann nicht mehr mit dir sprechen, dich nicht mehr hören, nicht mehr so sein, wie du sie kennst. Aber abgesehen davon ist alles, wie es war, verstehst du?«

»Ja«, antwortete ich und versuchte mir Tante Gilda in ihrem Sarg vorzustellen. Wie sie dalag, ganz allein, in Schwarz, dieselbe und doch nie mehr dieselbe. »Ja, ich glaube, ich verstehe.«

Wieder Funkstille.

»Entschuldige, daß ich davon angefangen habe. Ich weiß nicht, warum – aber ich mußte dich anrufen.«

»Ist schon in Ordnung«, sagte ich und dachte: Schließlich heißt es, du seist in mich verliebt. Es ist doch ganz normal, jemanden anzurufen, den man liebt.

Er fuhr fort: »Und bei dir?«

»Es geht so. Außer daß meine Eltern dieses Jahr nicht Weihnachten feiern wollen und meine kleine Schwester deswegen traurig ist.«

»Ach so. Wir feiern nie Weihnachten –, sag ihr das, vielleicht tröstet sie das ja ein bißchen.«
»Ist gut«, antwortete ich.
»Also tschüß – und danke noch mal.«
»Nichts zu danken«, sagte ich und dachte: Leg nicht auf, Paulus! Laß uns über den Tod oder über Weihnachten oder über irgendwas anderes sprechen, aber bitte, leg nicht auf! »Mach's gut, schöne Ferien noch.«
»Danke, dir auch. Salut.« Verzweifelt darüber, daß mir nichts mehr einfiel, worüber wir uns hätten unterhalten können, legte ich auf.

Ich hatte die Hand noch am Hörer, da kam meine Mutter herein. Aha, dachte ich, jetzt wird sie wissen wollen, wer das war, mich verschwörerisch ansehen und mir dabei mit der Hand durchs Haar fahren, um mir alles aus der Nase zu ziehen.
Statt dessen sagte sie: »Julia, ich wollte dir sagen, das mit heute früh...«
Wie, sie war gar nicht neugierig? Dabei hatte sie doch zuerst mit Paulus gesprochen, bevor sie mich weckte, und er hatte keine Mädchenstimme. Erstaunt versuchte ich zu rekapitulieren: Meine Mutter wußte, daß ein Junge bei mir angerufen hatte – es war das erste Mal, daß das vorkam –, und sie fragte nicht mal, wer das war!

»Ich wollte dir sagen, es tut mir leid, daß ich heute morgen so grob zu dir war. Wir waren leider alle ziemlich überreizt. Deinem Vater tut es übrigens sehr leid wegen der Ohrfeige...«

»Das ist nicht so schlimm«, unterbrach ich sie. »Schon vergessen.«

Sie lächelte. »Das ist nett von dir. Eigentlich hattest du ja recht: Wir sind finanziell nicht am Ende. Erstens haben wir Ersparnisse, und zweitens bekommt dein Vater ja Arbeitslosengeld. Weißt du, es liegt nicht am Geld.«

O je, dachte ich. Wenn es kein Geldproblem ist, dann muß es wohl etwas weit Schlimmeres sein! Sag's mir lieber nicht! »Es ist so: Dein Vater hat Depressionen.«

Das erstaunte mich nicht. Was war neu daran? War Vater nicht schon immer depressiv gewesen?

Sie fuhr fort: »Das ist eine lange Geschichte. Als du auf die Welt kamst, hat er mich gebeten, nicht mehr arbeiten zu gehen. Du weißt, ich war Mannequin. In diesem Beruf habe ich hervorragend verdient; es hätte auch weiterhin für uns alle gereicht, und ich hätte nach einer kurzen Unterbrechung weiterarbeiten können. Aber dein Vater wollte das nicht. Seiner Meinung nach soll der Mann die Familie ernähren und die Frau sich nur um die Kinder kümmern. Es ist ein bißchen altmodisch, und er ist ja kein Macho, aber... kurz und gut, er wollte es so. Ich habe damals eingewilligt und schweren Herzens zu arbeiten aufgehört. Und jetzt, wo er seinen Arbeitsplatz verloren hat, schämt er sich und macht sich Vorwürfe. Er sagt, er sei nicht fähig, uns zu ernähren. Er habe sein Leben verpfuscht, alles falsch gemacht. Am besten hätte ich ihn nicht heiraten sollen (hier fing meine Mutter zu weinen an), überhaupt sei ich viel zu gut für ihn, wir sollten uns vielleicht lieber...«

Die Worte »scheiden lassen« gingen in einem Schluchzer unter, aber als psychologisch geschulte Tochter wußte ich, was sie meinte.

Mama, dachte ich, warum mußt du mir ausgerechnet heute mit deinen Eheproblemen kommen? Warum sprichst du auf einmal mit mir wie mit deiner Freundin? Warum versuchst du nicht wie sonst, dich in mein Privatleben einzumischen? Warum stellst du mir keine indiskreten Fragen? Dabei würde ich dir jetzt so gern von Paulus erzählen. Es ist sehr nett, daß du mir erklären willst, was bei uns los ist, aber das ist mir im Moment völlig egal. Nicht du sollst mir, nein, ich sollte dir was erzählen.

Ich fragte: »Soll ich zu Papa gehen?«

»Nein«, antwortete sie schniefend. »Laß mal, ich bring das schon in Ordnung. Ich habe dir das alles nur erzählt, damit du Bescheid weißt und Geduld mit uns hast.«

Sie fuhr mir mit der Hand durchs Haar.

Ich sah ihr fest in die Augen. Meine strahlenden Augen sagten: »Mama, ich glaube, ich bin verliebt.« Ich glaube, sie verstand mich auch ohne Worte. Sie lächelte.

»Hallo, Johanna, bist du's?«

»Ja.«

»Ich bin's, Julia.«

»Ich denke, wir sind verkracht?«

»Sind wir das?«

»Allerdings. Hast du's schon wieder vergessen? Ich hab' gesagt, du spinnst, und du, ich gehe dir auf die Nerven – oder umgekehrt...«

»Ist auch egal. Schwamm drüber.«

»Na gut. Und? Gibt's was Neues?«

»Ja.«

»Gute Nachrichten?«

»Ja. Tolle sogar.«

»Was denn?«

»Paulus hat angerufen.«

»Und? Was wollte er?«

»Ach, eine Menge. Er hat gesagt...«

»Bevor du weitersprichst: Eins geht mir nicht in den Kopf. Du hast doch gesagt, du hättest ihn gestern im ›Galaxis‹ gesehen?«

»Hm.«

»Und du hast gesagt, er sei danach zur Beerdigung seiner Großmutter gegangen?«

»Ja.«

»Also – das versteh' ich nicht. Wenn es ihr Geburtstag gewesen wäre und er hätte ihr dort vorher noch ein Geschenk gekauft, O. K. Aber warum ist er ausgerechnet vor ihrer Beerdigung dorthin gegangen?«

»Wie meinst du das?«

»Na hör mal, das ist doch seltsam. Entweder irgendwas stimmt an der Geschichte nicht, oder er ist nicht ganz richtig im Kopf.«

»Also, wenn du schon den Kriminalkommissar spielst: Was hätte der Verdächtige denn für ein Motiv, mich glauben zu machen, seine Großmutter sei gestorben?«

»Sein Motiv? Das liegt doch auf der Hand – er wollte dein Mitleid wecken, und dich damit psychologisch manipulieren, klar?«

»Also, klar ist mir bloß, daß du eine Meise hast und daß du diesen ganzen Mist nur erzählst, weil du in Wirklichkeit neidisch auf mich bist. Ausgerechnet meine beste Freundin! Ich hätte dich gar nicht erst anrufen sollen. Du kapierst das Ganze ja doch nicht...«

»Wenn du hier nur Frechheiten loswerden willst, dann lassen wir's lieber. Schieb dir deinen Minderwertigkeitskomplex doch sonstwohin. Tschüß, du eingebildete Ziege.«

Mit diesen Worten legte Johanna wütend auf – zum zweitenmal innerhalb von vierundzwanzig Stunden. Und was das Schlimmste war – sie hatte beide Male aus ihrer Sicht absolut recht! In irgendeinem Lied heißt es, wer verliebt ist, verliert alle seine Freunde. Seit der Sache mit Paulus Stern war ich drauf und dran, meine beste Freundin zu verlieren...

Und wenn sie nun recht hatte, wenn Paulus tatsächlich ein Schwindler war? Dann würde ich nicht nur meine Freundin verlieren, sondern mich obendrein noch lächerlich machen. Vielleicht war es vernünftiger, die ganze Gefühlsduselei zu stoppen, bevor die Sache ernster wurde, einfach wieder die alte Julia Fuchs zu sein, die brave Tochter ihrer Eltern, die vernünftige ältere Schwester, die Freundin Johannas, die Superschülerin, die ewige Verlobte von Karim Djélouli... Ich liebe dich nicht, Paulus. Ich liebe dich nicht, Paulus... Je öfter ich mir das sagte, um so weniger funktionierte diese blöde Methode. Im Grunde war es mir schon egal, ob er sich über mich lustig gemacht und mich »psychologisch manipuliert« hatte, wie Johanna behauptete (Wo hatte sie das bloß her?). Ob er nun mit seinen Freunden über mich lachte, wie Al Capone um meine Haut würfelte oder mich von seinem hohen Roß herunter mit dem Lasso durch den Dreck zog... Im Geiste sah ich mich schon als unglücklich Liebende. Keine schlechte Rolle. Ich hatte zehn Jahre gebraucht, um über die Sache mit Djélouli hinwegzukommen, ich würde auch die Geschichte mit Paulus irgendwie überstehen, und wenn es den Rest meines Lebens dauern sollte. Das Gefühl zu lieben zählte für mich mehr als die Gewißheit, ob er mich wirklich liebte. Jedenfalls war das alles noch lange kein Grund, endgültig mit Johanna zu brechen. Schließlich tat sie meistens nur so, als würde sie mich nicht verstehen. Sie liebte es, sich dumm zu stellen – so wie ich gern so tat, als wäre ich hübsch. Und oft tat sie es aus einer Art Selbstschutz, um sich nicht vor lauter Verzweiflung über all den Frust um sie herum aus dem Fenster zu stürzen ... An ihrer Stelle hätte ich wahrscheinlich ein Leben lang so getan, als sei ich bekloppt, nur um von den Eltern in Ruhe gelassen zu werden.

»Hallo, Johanna? Ich bin's, Julia. Bitte leg nicht auf. Ich muß dir das alles noch mal erklären. Es tut mir leid wegen vorhin. Ich hab' dich gern, du bist doch meine beste Freundin, und ...«

»Hallo? Wer ist da?«

»Julia.«

»Hallo, Julia. Johanna ist in ihrem Zimmer, soll ich sie holen?«

»Guten Tag, Madame Decourt.«

»Grüß dich. Du kannst übrigens gern Jocelyne zu mir sagen ...«

»Danke, das ist sehr freundlich, aber ich bin es nicht gewohnt, Erwachsene beim Vornamen zu nennen.«
Ich fühlte, wie Julias Mutter achselzuckend den Hörer auf die lederne Couchgarnitur mit den goldbestickten Kissen legte. Dann war Johanna am Apparat.
»Julia, bist du's? Was hast du denn mit meiner Mutter angestellt?«
»Nichts. Ich hab' mich mal wieder lächerlich gemacht, aber das ist jetzt auch schon egal.«
»Also, wenn du es schaffst, in dieser Hinsicht meine Mutter zu übertreffen, dann Kompliment. Ich hab' immer gedacht, sie wäre darin einsame Spitze...«
»Na ja, weißt du, eigentlich sind unsere Mütter gar nicht so schlecht...«
»Nanu – du klingst ja auf einmal wie Nadine-die-ach-so-Vernünftige.«
»Kann schon sein. Ich weiß sowieso nicht, was zur Zeit mit mir los ist. Ich bin wie durchgedreht. Entschuldige bitte, und verzeih mir bitte auch meine früheren Ausrutscher.«
»Was ist denn mit dir los, Julia? Soll ich die Vivaldi-Platte auflegen?«
»Vivaldi?«
»Ja – ist das nicht der mit den vielen Geigen?«
»Doch, schon. Aber laß nur, ich krieg' mich auch so wieder ein.«
»Geht's dir jetzt wieder besser?«

»Ja, besser schon, aber wenn du wüßtest, wie aufgekratzt ich bin...«

»Klar, das kenne ich. Ist doch verständlich. Mitterrand malt dich, du malst ihn, ihr müßt nur noch auf die Gelegenheit warten, euch zu putzen, und zack! In einem Monat seid ihr verlobt, nächstes Jahr verheiratet, und in vier Jahren hast du zwei Kinder, bist geschieden und beziehst 1600 Piepen Lebensunterhalt von ihm...«

»Ja, so etwa. Außerdem frage ich mich, ob du nicht recht hast: Was beweist mir schon, ob er mich wirklich liebt äh, malt. Ich bin so mager, blaß, kurzsichtig und häßlich wie eh und je...«

»Paß auf, ich hab' da eine Idee. So um Dreikönig, wenn die Schule wieder anfängt, machen wir eine Party bei mir. Meine Mutter ist bestimmt einverstanden; sie sitzt sowieso den ganzen Tag bei gedämpftem Licht rum. Wir laden die ganze Klasse ein, also auch Mitterrand. Wir legen Platten auf, ihr könnt miteinander tanzen, und ich wette, du weißt noch am selben Abend Bescheid, ob er dich liebt oder nicht.«

»Glaubst du?«

»Klar, warum nicht? Genauso hab' ich's mit Jean-Baptiste gemacht.«

»Aber das war doch in der fünften Klasse!«

»Na und? Was kann ich dafür, daß ich frühreif bin? Ich schwör' dir, das ist das sicherste Mittel. Außerdem haben wir in diesem Schuljahr noch keine einzige Klassenfete gehabt. Wir sind ja spießiger als jede Klosterschule!«

»Also gut. Wann ist Dreikönig?«

»Am 6. Januar. Warte, ich schau' mal im Kalender nach... Das ist ein Sonntag. Dann machen wir die Fete am Samstag, den 5. Januar.«

»Prima. Ich ruf dich wieder an. Muß mich jetzt um Judith kümmern.«

»O.K., bis dann.«

Nachdem ich aufgelegt hatte, fand ich den Vorschlag mit dem Fest gar nicht mehr so gut. Ich hatte Partys noch nie leiden können, das war schon seit den Kindergeburtstagen so. Ich konnte nicht tanzen und wollte es auch nicht. Sobald das Licht gedämpfter und die Musik lauter wurde, bekam ich Bauchweh. Ich saß dann immer verschämt in einer dunklen Ecke und nippte an meiner Cola. Johanna war nicht so. Selbst Judith nicht. Sie verstanden es, sich zu amüsieren, zu tanzen, Chips zu knabbern und mit den anderen zu plaudern. Ich jedoch brachte meist kein Wort heraus. Ich fühlte mich auf Partys immer wie cin Goldfisch, den man aus dem Wasser genommen hat und der nicht mehr die Kraft hat, zu zappeln. Immerhin bemühte ich mich, kontrolliert zu atmen, um außer durch meine lächerliche Erscheinung nicht auch noch durch einen plötzlichen Herzstillstand aufzufallen.

Judith unterbrach meine düsteren Gedanken:
»Julia! Julia, wo bist du?«
»Im Wohnzimmer. Was ist los, Judith?«
Sie kam herein und hielt einen Gegenstand hinter ihrem Rücken versteckt. Dabei machte sie ein Gesicht, als ob nichts wäre.
»Ich hab' Du stinkst wieder heile gemacht!« triumphierte sie und zog die kahlköpfige Puppe hervor.
Die Puppe sah tatsächlich irgendwie fröhlicher aus als gestern. Anstelle des Armstumpfes hatte Judith mit mehreren Schichten Klebeband eine Zange aus Papas Werkzeugkiste befestigt. Das sah zwar makaber aus, trotzdem lobte ich Judith für ihr chirurgisches Geschick. Etwas verwundert fragte ich sie:
»Weiß Papa wegen der Zange Bescheid?« Sie antwortete: »Ja. Papa hat gesagt, ich darf nehmen, was ich will, das ist alles nicht mehr wichtig.«
Meine Mutter hatte also recht – es stand schlimm um ihn. Ich nahm Judith auf den Schoß und sagte: »Stell dir vor, der Sohn von Mitterrand hat angerufen. Du erinnerst dich doch, wir haben ihn gestern im ›Galaxis‹ getroffen...«
»Ja.«
»Er läßt dir ausrichten, du sollst nicht traurig sein, wenn wir dieses Jahr kein Weihnachten feiern; er hat zu Hause nie Weihnachten feiern dürfen und ist trotzdem glücklich gewesen.«

»Kann schon sein«, meinte Judith altklug, »aber weißt du, ich hab' darüber mit Camel gesprochen. Heute morgen, als du noch geschlafen hast, war ich mit Mama einkaufen, und da hab' ich ihn mit seiner Mutter getroffen. Wir haben vereinbart, daß wir trotzdem für uns beide ein paar Sandkuchen backen.«

»Judith! Seid ihr nicht schon zu alt, um Sandkuchen zu backen?«

»Ja, schon, aber... weißt du, wir essen sie ja nicht, wir sind keine Babys mehr, aber, na ja, wir machen sie immer noch gern. Wir backen Sandkuchen zusammen, und dann geht's uns wieder besser.«

Ich dachte: Könnte ich nur mit Paulus Sandkuchen backen, anstatt zu dieser blöden Party gehen zu müssen! Verflixt noch mal – je älter man wird, um so komplizierter wird alles!

6.

Heute war der letzte Ferientag. Insgesamt waren die Ferien ziemlich langweilig gewesen: Johanna war mit ihrem Eisverkäufer in den Skiurlaub gefahren, und ich hatte die ganze Zeit auf Judith aufpassen müssen. Manchmal war auch Camel dabei, der im großen und ganzen ein netter Junge war. Wir hatten alles mögliche miteinander gespielt – Einkaufen, Schule, Essengehen, Onkel Doktor, Gummi-Twist, Himmel und Hölle, Verstecken und sogar »Alle Vögel fliegen hoch«...

Mein Vater hatte vergeblich versucht, wieder Arbeit zu finden. Er war zweimal zu einem Vorstellungsgespräch eingeladen worden und war jedesmal enttäuschter als vorher heimgekehrt. Einmal hatten sie ihm gesagt, es sei ein Mißverständnis, sie suchten eine Frau für die Stelle und keinen Mann, und das zweite Gespräch hatte mit einer Ablehnung geendet, weil Papa keine Spanischkenntnisse besaß. Seither behauptete er unaufhörlich: »Auch wenn mir das keiner glaubt – ich habe am Ton der Personalchefs gemerkt, daß sie mich nur meiner Figur wegen abgelehnt haben.«

Vergeblich versuchte meine Mutter ihn davon zu überzeugen, daß diese Absagen nicht so schlimm seien, daß er ja noch Zeit habe, daß man meist mehrere Anläufe nehmen müsse, um das Richtige zu finden, und daß er bei seiner Erfahrung mit der Aufgabe eines – wenn auch zweisprachigen – Abteilungsassistenten sowieso unterfordert gewesen wäre. Aber alles Zureden half nicht, er wurde immer depressiver.

Inzwischen sprach er nicht mehr von Scheidung, sondern von Selbstmord und von der hohen Lebensversicherungsprämie, die wir als seine Familie in diesem Fall bekämen. So sagte er einmal während des Essens – als er sich wie immer reichlich Butter nehmen wollte, dann aber unter Mutters tadelndem Blick sein Messer wieder zurückzog –: »Eigentlich könnte ich ruhig sterben. Das wäre sowieso besser – für jeden von uns.« Unsere Reaktion darauf kann man sich vorstellen: Judith heulte laut los, Mama nagte an ihrer Unterlippe und sagte: »Aber Schatz, wie kannst du nur so etwas Schreckliches sagen?«, und ich dachte wütend: Dann krepier doch, du Idiot! – natürlich in der Hoffnung, Gott würde mich nicht hören, und wenn, dann wenigstens nicht erhören. Was mich so wütend machte, war folgendes: Ein Vater hat nicht das Recht, vor seinen Kindern zu sagen, er wolle sterben – ähnlich wie ein Kapitän auch in der aussichtslosesten Lage sein Schiff und seine Mannschaft nicht verlassen darf. Schließlich muß es jemanden geben, der sich für die anderen verantwortlich fühlt und die nötige innere Kraft dazu hat, sonst können sich die anderen gleich mit umbringen. Ich war so sauer auf Papa, daß ich zwei Wochen lang kein Wort mehr mit ihm sprach, aber er bemerkte es nicht mal.

Meine Mutter hatte genug damit zu tun, uns Kinder vor seinen depressiven Anfällen zu schützen und etwas Normalität in unseren Alltag zu bringen. So schaltete sie abends das Licht wieder an, kaufte für uns ein und kochte wie früher. Und sie fing auch wieder mit ihren Moralpredigten an. Trotzdem war sie nicht mehr die alte: Sie hatte damit aufgehört, Judith offen zu verhätscheln und sie mir vorzuziehen, mich auszuhorchen und in meinem Privatleben herumzuschnüffeln. Eines Tages klopfte sie sogar an, bevor sie in mein Zimmer kam. Einerseits war ich froh darüber, daß sie mich jetzt respektierte und in Ruhe ließ, andererseits fühlte ich mich bald vernachlässigt und ziemlich einsam. Manchmal fiel mir abends die Decke auf den Kopf, wenn ich den ganzen Tag über mit geheuchelter Begeisterung Judiths Spiele mitgemacht hatte, die mir eigentlich schon lange zum Hals heraushingen. Dann hätte ich mich sogar darüber gefreut, wenn meine Mutter wie früher hereingeplatzt wäre, über mich geklagt und sich jammernd auf mein Bett geworfen hätte.

Besonders schlimm wurde es für Judith und mich am Silvesterabend: Mama bat uns, doch unsere Großmutter zu besuchen – um wieder einmal Papa aus dem Weg zu gehen. Die alten Fernsehfilme langweilten uns zu Tode, selbst Judith hatte sie schon alle gesehen. Oma hatte für uns zur Feier des Tages Toasts mit falschem Kaviar gemacht. Wir bemühten uns, so zu tun, als schmeckten sie uns, obwohl ekelhaft viel Butter drauf war, und gingen dann vor Mitternacht ins Bett, weil wir es vor Langeweile nicht mehr aushielten. Sonst waren wir immer an Silvester mit den Eltern zusammen aufgeblieben, hatten mit ihnen Sekt getrunken und waren dann alle in den frühen Morgenstunden mit einem Schwips zu Bett gegangen. Es war immer ein Riesenspaß gewesen. Diesmal tote Hose.

In elfeinhalb Stunden war wieder Schule, und das hieß für mich: Ich würde Paulus wiedersehen, von dem ich seit seinem Anruf nichts mehr gehört hatte. Die verflixte Party würde bald stattfinden, ich mußte am 5. Januar einen Hausaufsatz abgeben, den ich noch nicht geschrieben hatte, und ich mußte schon heute abend meine Klamotten für morgen heraussuchen, damit ich in der Frühe nicht zu lang vor dem Schrank stand und womöglich zu spät in die Penne kam. Das zweite Drittel des Schuljahres, das schlimmste, stand bevor. All das wirbelte mir durch den Kopf, so daß ich mich ernsthaft fragte, wie ich überhaupt diesen ersten Schultag überstehen sollte.

In den zwei Wochen Weihnachtsferien hatte sich so

viel für mich verändert (Vater arbeitslos, Mutter auf einmal so tolerant, ich verliebt usw.), daß mir der Gedanke, mit denselben Leuten in derselben Klasse zu sitzen, als wäre nichts gewesen, richtig seltsam vorkam.

Ich lag auf dem Bett und stellte mir vor, wie ich morgen das Klassenzimmer betreten würde – die üblichen vier Küßchen von Nadine, die sich vor den Ferien noch lachend mit einem überaus geistreichen »Also dann – bis nächstes Jahr!« von mir verabschiedet hatte, das falsche Lächeln von Coralie Toquet, die stolze Verachtung von Sylvie Guidon und die unwiderstehliche Bräune Johannas, die wahrscheinlich wieder mehr Zeit mit Sonnenbaden als mit Skifahren verbracht hatte. Auch die Lehrerinnen waren wieder dieselben – Madame Lavis, Madame Gobelin, Madame Marcel und Madame Guillaume. Zwei von ihnen nannten mich Fuchs, zwei Julia. Warum gab es eigentlich keine einzige männliche Lehrkraft in dieser blöden Penne, die schon seit vierzig Jahren kein reines Mädchengymnasium mehr war?

Alles würde genauso weitergehen: die mehr oder weniger überraschenden Extemporalen, die verspätet abgegebenen Hausarbeiten. Meine Lehrerinnen verurteilten das zu späte Abgeben zwar als »Trödelei«, mußten meine Arbeiten aber dennoch mit »sehr gut« benoten, weil ich nun mal die Klassenbeste war. Eigentlich hatte

der ganze Alltagstrott etwas sehr Beruhigendes. Trotzdem fand ich es lächerlich, daß mich morgen wieder alle mit denselben Augen wie bisher anstarren würden: mit den ausdrucksarmen Gesichtern von Klassenkameraden, die keine echten Freunde sind und sich bloß deshalb grüßen, weil sie sich jeden Tag im Schulzimmer sehen, einander halb nackt im Umkleideraum der Turnhalle gegenüberstehen und einmal im Jahr auf einer Klassenfete miteinander tanzen. Ich dachte, sie würden wie im Film furchtbar darüber staunen, daß da eine völlig andere Julia Fuchs daherkam, eine immer noch gute und strebsame, neuerdings aber verliebte Schülerin mit einer total anderen Ausstrahlung wie von einem anderen Stern, temperamentvoll wie ein ausbrechender Vulkan! Ich wußte, daß ich nicht mehr dieselbe war, meine Mutter wußte es auch. Zwar war es meinem Vater zur Zeit egal, und Judith hatte es nicht bemerkt, weil sie noch zu klein war, aber es mußte für jedermann so deutlich zu sehen sein wie die Nase in meinem Gesicht. Mein neues Ich schimmerte in tausend Farben; dennoch würde morgen weder Johanna noch Paulus noch jemand anders sagen: »Julia, du strahlst ja so, ich erkenne dich kaum wieder!« oder: »Wie glücklich du aussiehst!« oder: »Du bist ja die Weiblichkeit, die Reife in Person. Daß du dich überhaupt noch mit uns abgibst...«
Um sicherzugehen, stand ich auf und betrachtete mich

in dem Spiegel, der an der Innentür meines Kleiderschranks hing. Nach allem, was ich angenommen hatte, erwartete ich, ich würde jetzt zum ersten Mal richtig gut aussehen – von wegen! Selbst ich konnte keinen Unterschied an meinem Äußeren feststellen, obwohl ich mich doch so stark verändert hatte. Wie immer blickte ich verlegen meinem Spiegelbild entgegen. Also versuchte ich, mein Äußeres zu verändern. Ich pumpte kräftig Luft in meine Brust, aber sie sah immer noch platt wie ein Bügelbrett aus. Dann drehte ich mich um und blickte mich frontal an, und schließlich nahm ich meine Brille ab. Aber auch das half nichts – ich sah ein, daß man sein Äußeres nicht von heute auf morgen umkrempeln kann. Ich setzte die Brille wieder auf. Ja, das war eindeutig ich – mit meinen langen, mageren Beinen, die sich in der zu kurzen Cordhose verloren, den dürren Armen, die ungeschickt aus dem Pullover herausstachen, mit meinem unordentlich zusammengebundenen Pferdeschwanz matter, strähniger Haare, mit meinem immer ein wenig geöffneten Mund, mit dem ich aussah wie eine Sprechpuppe, mit meiner Ziegenmilchhaut und den rötlichen Flecken im Gesicht, kurz: mit meinem ganzen Körper. Ich bemühte mich, ihn als Ganzes zu sehen, aber es gelang mir nicht. Mein Körper zerfiel vor dem Spiegel in tausend häßliche Details. Nein, eine Schönheit war ich wirklich nicht, und ich fragte mich zum hunderttausendstenmal, was dieser Paulus Stern wohl an mir fand.

Wenn er mich wenigstens besser gekannt hätte! Wenn er gewußt hätte, daß ich nicht nur eine gute Schülerin war, sondern mir über viele Dinge ernsthafte Gedanken machte, daß ich ein Herz für andere Menschen hatte (auch wenn ich sehr schüchtern war) – vielleicht hätte er dann einen Grund gehabt, mich zu lieben. Aber leider kannte er nur mein Äußeres, und das war alles andere als anziehend. Er hingegen sah gut aus, so gut, daß ihn alle anderen Jungen der Klasse darum beneideten. Ihn zu lieben war keine Kunst.

Aber war es denn fair, jemanden nur wegen seines Aussehens zu lieben? War das der Grund, warum ich immerzu an ihn denken mußte? Lag es an seiner Größe, seinem schlanken Hals und seinem kräftigen Oberkörper? (Ich hatte seine Schlüsselbeine gesehen, als er kurz vor den Ferien zu spät zur Mathearbeit kam, und konnte sie nicht mehr vergessen.) Vielleicht auch an seinen schönen Augen? Dann hätte ich mich schon in ihn verlieben müssen, als ich ihn das erste Mal in unserer Klasse gesehen hatte. Ich hätte gleich zu Anfang vor ihm niederfallen und seine Füße küssen müssen. Statt dessen dachte ich, als er an jenem 3. September im marineblauen Sakko auftauchte – er war der einzige von uns, der überhaupt schon Sakkos trug – und mit seinen glänzenden braunen Haaren und Wahnsinns-

Augen das Klassenzimmer erstmals betrat, nur: O je, so'n richtiger Schönling. Der soll sich bloß nicht zu viel darauf einbilden…, und beschloß, ihm möglichst wenig Aufmerksamkeit zu widmen. Ich hatte damals voreilig kombiniert: Ich bin häßlich, aber intelligent, also muß er ziemlich blöd sein – als ob alles im Leben so logisch wäre.

Auf sein attraktives Äußeres war ich also nicht hereingefallen. Dann liebte ich ihn wohl aus einem anderen Grund. Wahrscheinlich, weil er so mit Judith und mir gelacht hatte, weil man sich mit ihm über den Tod unterhalten konnte, vielleicht auch, weil er mich liebte. Das hatte nichts mit äußerer Schönheit zu tun. Hurra, ich hab's, dachte ich weiter. Wenn ich ihn nicht seines Aussehens wegen liebe, dann könnte er mich ja auch lieben, obwohl ich nicht hübsch bin. Das klang herrlich einleuchtend, so logisch, daß ich schon Madame Lavis nicken sah. (»Seht ihr, so schwierig ist das doch gar nicht mit der Mathematik, man braucht nur etwas gesunden Menschenverstand!«) Aber wenn das Ganze auch noch so logisch schien, ich konnte es trotzdem nicht so recht verstehen. Mir ging es wie Ludwig XIV. – er hätte nie geglaubt, daß die Erde rund ist, auch wenn man ihm einen Computerauszug und ein Satellitenbild als Beweis in die Hand gedrückt hätte. Manches muß man sich hundertmal vor Augen führen, bis man es glaubt. So würde es wohl bei mir noch einiger

Beweise bedürfen, bis ich akzeptierte, daß ich liebenswert war.

Rrrrrrrrrrring! Der Wecker riß mich jäh aus meinen Träumen. Ich war, ohne es zu merken, eingeschlafen. Dabei wollte ich doch heute den Hausaufsatz schreiben. Und nun hatte ich mich noch nicht mal darauf vorbereitet! Ich fühlte mich so zerschlagen, als hätte ich seit zwei Wochen kein Auge zugemacht. Der Zeiger auf meinem Radiowecker zeigte unbarmherzig sieben Uhr an. Es war also Zeit aufzustehen. So was! Anstatt mich auf meinen ersten Schultag vorzubereiten, war ich wie eine Pennerin in meinen Klamotten eingeschlafen.
Ich erhob mich rasch und dachte: Jetzt nur keine Zeit verlieren. Ich hatte nur eine halbe Stunde, um meine Kleidung herauszusuchen, nur eine Viertelstunde zum Waschen und Anziehen und höchstens eine weitere Viertelstunde, um zu prüfen, ob ich nicht etwa was Falsches angezogen hatte – zum Beispiel Kniestrümpfe im Winter oder so –, bevor meine in Kleiderfragen unerbittliche Mutter die Endabnahme machte.
Ein Blick in den Schrank zeigte mir, daß eine halbe Stunde zum Aussuchen viel zuviel war. Ich hatte, wie man so sagt, nichts Vernünftiges anzuziehen. Da lagen drei Cordhosen, eine dunkelblaue, eine beigefarbene und eine dunkelgrüne, vier Hemdblusen (eine häß-

licher als die andere), zwei unförmige Pullis mit zu kurzen Ärmeln, ein von Tante Gilda gestrickter Pullover (den sie leider mit Goldfäden verziert hatte, weil meine Großmutter damals meinte: »Das macht jünger«), ein Schottenrock (kein Kommentar), mein rosa Sommerrock, den ich laut meiner Mutter im Winter nicht anziehen durfte, ein von meiner Kusine Adrienne stammendes Kleid (eher hätte ich einen Besen gefressen, als dieses Ding anzuziehen), eine Jeans (aber keine Levis, die sind ja nie im Angebot) und mein weißes Seidenkleid mit den Puffärmeln, das Judith so gut gefiel. Viele Möglichkeiten gab es da nicht – entweder ich rannte wie immer rum, mit Jeans und Pulli, oder ich zog das Seidenkleid an, das ich auch mochte. Aber wenn ich damit in die Schule ging, würde Paulus das nicht als Heiratsangebot auffassen? Während ich so hin und her überlegte, war es schon 7 Uhr 25, also blieben mir nur noch fünf Minuten, um zu entscheiden, ob ich heute einen BH anziehen sollte oder nicht.

»Du brauchst dringend einen neuen Mantel!« sagte meine Mutter, als sie mich um Dreiviertel acht mit schwarzer Cordhose, schwarzem, an den Ärmeln zu kurzem Pulli, mit Stiefeletten und meinem alten Mantel in die Küche kommen sah. Außerdem zeigte ihr mein mürrisches Gesicht, daß ich mich für einen BH entschieden hatte.

Sie fragte: »Soll ich dir meinen Dufflecoat leihen? Ich glaube, er könnte dir passen, du bist ja inzwischen fast so groß wie ich.«
Ich war sprachlos. Du meinst doch nicht etwa den roten Dufflecoat, dachte ich begeistert, den ich schon seit zwei Jahren mal tragen möchte? Den mit dem eleganten grünen Futter, der sogar Sylvie Guidon vor Neid erblassen läßt?
Ich antwortete: »Warte, ich hol' ihn selbst.« Nicht, daß sie es sich doch noch anders überlegte!
Selig fuhr ich in die weichen Ärmel, die mir bis zum Handgelenk reichten. Wie immer kam ich zwanzig Minuten zu früh in die Schule. Ich hatte schon die Türklinke zum Klassenzimmer in der Hand, da machte ich auf dem Absatz kehrt: Dieser schöne Dufflecoat, der schönste der ganzen Schule, sollte nicht auf einer Stuhllehne oder am Haken sein Dasein fristen. Nein, alle sollten sehen, daß ich es war, die ihn tragen durfte!
Ich ging also wieder in den Schulhof hinunter und spazierte dort so lange auf und ab, bis die Glocke ertönte.
»Mensch«, meinte Johanna, »wo hast du diesen todschicken Mantel her?«
Ich flüsterte: »Von meiner Mutter.« Dann stellte ich lauter fest: »Du bist aber nicht sehr braun geworden.«
»Nein, ich weiß. Es hat die ganze Zeit geschneit.

Außerdem haben wir uns schon am zweiten Tag verkracht. Ziemlich beschissene Ferien diesmal.«

Nadine eilte mit Riesenschritten wie eine Giraffe auf uns zu. Sie strahlte uns an: »Hallo, ihr beiden! Ein gutes neues Jahr!«

Wortlos drehte Johanna sich um und ging an ihren Platz – mechanisch wie ein Roboter. Sie konnte nicht anders. Sie konnte Nadine, die Hohepriesterin der Vernunft, einfach nicht ausstehen. Sie ertrug es nicht einmal, stumm neben ihr zu stehen.

»Hallo, Nadine«, stammelte ich zwischen den obligatorischen vier Küßchen.

Sie fragte mich betont leise: »Na, war's schlimm in den Ferien?«

Ich brauchte eine Sekunde, um zu kapieren, wie sie das meinte, um mich an meine Lügengeschichte von vor den Ferien zu erinnern. Sie wunderte sich nicht über mein Schweigen, sondern nahm es als normales Zeichen der Verlegenheit.

»Ich verstehe«, meinte sie mitleidsvoll. »Weißt du, diesmal war ich bei meiner Familie im Calvados, aber in den nächsten Ferien, im Februar, bleiben wir in Paris. Wenn du willst, können wir uns dann öfter sehen, und du kannst auch gern ein paar Tage bei uns wohnen. Du wirst sehen, meine Eltern sind prima.«

Natürlich hatte ich ein schlechtes Gewissen. Fast hätte ich Bauchweh bekommen.

»Danke, das ist sehr nett von dir«, antwortete ich, »aber weißt du, wir fahren im Februar in den Skiurlaub. Außerdem komme ich mit meinen Leutchen gut aus – so gut, als ob sie wirklich meine Eltern wären.«
Ich schämte mich und wagte nicht nachzusehen, ob sie vielleicht feuchte Augen hatte.
Meine Augen ruhten immer noch auf dem grünen, weiß und grau marmorierten Boden unseres Klassenzimmers. Da schob sich ein Paar Schuhe, das ich nur allzugut kannte, in mein Blickfeld. Paulus, Paulus, Paulus, dröhnte es in meinem Kopf wie eine tiefe Glocke. Ich wurde knallrot und hielt den Kopf weiterhin gesenkt, damit er es nicht sehen konnte, auch wenn meine Gesichtsfarbe wahrscheinlich gut zu dem roten Dufflecoat paßte. Nadine hatte offensichtlich beschlossen, sich, ohne mich zu fragen, als meine beste Freundin anzusehen. Als sie mich mit rotem, gesenktem Kopf dastehen sah, glaubte sie wohl, ich weine. Sie nahm meine Hand, und ich hätte beinahe laut lachen müssen, dadurch nahm mein Gesicht wieder Normalfarbe an. Ich hob die Augen und sah über Nadines trauriges Clownslächeln hinweg zu Paulus, der sich gerade mit Martin unterhielt. Ich weiß nicht, warum, aber ich war ein bißchen enttäuscht: Er sah so anders, so unscheinbar aus, wie er da neben all den anderen im Klassenzimmer stand. Er mußte wohl meinen Blick gespürt haben, denn er drehte sich zu mir um und sah mich an.

Sofort verschwand das unangenehme Gefühl des Verdachts, das ich gehabt hatte. Er lächelte mir zu, und ich lächelte zurück. Nicht mehr. Ich sage ›nicht mehr‹, weil in unseren Blicken so viel lag, daß ich dachte, jetzt müßten die anderen etwas merken und uns allein lassen oder ein Blitz oder ein Erdbeben müßte kommen. Aber nein. Nichts von alledem. Er kam nicht einmal näher, um mir guten Tag zu sagen, sondern unterhielt sich weiterhin ruhig mit ein paar anderen Jungen, erzählte ihnen vielleicht von seinen Ferien in Mégève oder so. Ich stand zu weit weg, um ihn zu verstehen. Wer weiß – vielleicht erzählte er auch von der erfundenen Beerdigung seiner Großmutter, oder er machte sich über mich lustig, so nach dem Motto: »Habt ihr sie gesehen, das ist meine Neue, die da in dem zu großen Mantel... Wenn sie rot wird, übersehe ich sie manchmal fast in dem Riesenteil, haha! Sie hat sich extra für mich in Schale geworfen...« oder so ähnlich. »Darf ich mich neben dich setzen?« fragte Nadine teilnahmsvoll. Ich hatte sie ganz vergessen.

Was fällt denn der ein? dachte ich. Anscheinend hatte sie schon einen Plan für meine persönliche Rettung im Hinterkopf, sah sich wie Robin Hood, der das Waisenkind beschützt! Das war zuviel des Guten! Daher antwortete ich trocken: »Nein.«

»Ich verstehe, du möchtest allein sein«, antwortete sie ruhig. Warum hatte sie bloß immer für alles Verständ-

nis? Ich setzte mich neben Johanna. Die Englischstunde begann. Wir lasen und übersetzten den hunderttausendsten Text zum Thema »Rassismus in den USA«. Das langweilte mich so, daß ich den größten Teil der Stunde mit dem Schreiben und Weitergeben von Zetteln verbrachte, wobei ich, um meinem Ruf gerecht zu werden, trotzdem die Fragen von Madame Marcel korrekt beantwortete.
In dieser ganzen ersten Stunde hatte ich nicht einmal zu Paulus hinübergesehen. Johanna schrieb mir mehrmals, er sehe mich dauernd an und wolle, daß ich zurückschaue, aber ich reagierte nicht darauf. Ich war sicher, die ganze Klasse konnte es kaum erwarten, zu erfahren, wie die Geschichte zwischen Paulus und mir weitergehen würde – wie beim Fortsetzungsroman in einer Frauenzeitschrift! Fast konnte ich hören, wie sie mich anfeuerten und mir applaudierten. Wie dumm von mir, den Dufflecoat anzuziehen! In meinem alten Mantel hätte mich wahrscheinlich niemand beachtet. Aber so konnte ich es nicht riskieren, auch nur einmal den Kopf zu drehen... Ich spürte ihre Augen neugierig auf mir ruhen. Sicher dachten sie: Aha, sie hat sich in Unkosten gestürzt. Was mag da wohl dahinterstecken? Auf einmal konnte ich mir vorstellen, was so ein Fernseh- oder Filmstar durchmacht!
Die Englischstunde war vorbei. Hastig ordnete ich

meine Sachen. Ich wollte als eine der ersten gehen, um Paulus nicht an der Tür zu begegnen. Danach hatten wir zwei Stunden Mathe – gut für mich. Ich würde mich in die erste Reihe setzen und so tun, als verfolge ich aufmerksam die Nachbesprechung der vor den Ferien geschriebenen Mathearbeit. Danach würde ich, ohne in der Kantine Mittag zu essen, nach Hause gehen.

»Hallo, Julia?«
»Ja.«
»Ich bin's – Johanna. Warum hast du nicht auf mich gewartet? Ißt du neuerdings nicht mehr in der Schule?«
»Ich hatte keinen Hunger.«
»Du hast nichts versäumt. Es gab so ein komisches Hackfleisch – jeder Hund hätte sich geweigert, das zu fressen! Aber was anderes... weißt du was?«
»Du wirst es mir sicher sofort sagen – aber ich bitte dich, sag's mir gleich, und nicht erst, wenn du dir eine angezündet hast...«
»O.K., beruhige dich, ist schon passiert. Sag mal, was hast du in der Mathearbeit?«
»Zwanzig Punkte, warum?«
»Also, das gibt's doch nicht! Ich hab nur vier.«
»Das verstehe ich nicht. Ich denke, du hast alles von mir abgeschrieben.«

»Hab' ich doch auch.«

»Hat die Lavis das vielleicht gesehen und dir deswegen ein paar Punkte abgezogen?«

»Nein, glaub' ich nicht. Sie hat sogar drunter geschrieben: ›Nicht schlecht – weiter so.‹«

»Nett von ihr. Ich kann's mir auch nicht erklären. Mich trifft jedenfalls keine Schuld. Ich hab' dir das Blatt lange und deutlich genug vor die Nase gehalten...«

»Na ja, ist nicht so schlimm. Du weißt ja – wenn aus mir noch mal was werden sollte, dann liegt das bestimmt nicht an der Schule! Eigentlich dachte ich, du hättest auch nur vier Punkte und wärst entsprechend deprimiert...«

»... weil ich im Gegensatz zu dir nur mit Hilfe der Schule was werden kann, wie?«

»Sei doch nicht so schnippisch. Es ist eben, wie du mir mal gesagt hast: Jedem das Seine – ich bin dumm, du dafür häßlich. Schwamm drüber. Jetzt zu der Party.«

»Das ist doch sowieso zu spät. Wir hätten sie eher ankündigen müssen. Wahrscheinlich kommen keine zehn Hansel.«

»Solange Paulus Stern unter den zehn Hanseln ist, kann uns das ja egal sein. Aber sei unbesorgt, sie kommen alle. Ich hab's ihnen heute mittag in der Kantine gesagt. Ich hab' sogar deine dämliche Nadine eingeladen. Jeder bringt was zu essen und was zu trinken mit – so brauchen wir nicht viel vorzubereiten.«

»Und was ist mit der Musik?«

»Mein Bruder kommt und macht den Discjockey. Du wirst sehen, es wird toll.«

»Hoffentlich spielt er nicht so viele Schleicher.«

»Was möchtest du hören, wozu tanzt du am liebsten? Walzer, Rumba, Fox?«

»Ach, was weiß ich. Ist mir auch wurscht. Ich kann sowieso nicht tanzen.«

»Ich hab' dir doch schon hundertmal gesagt, das ist auch gar nicht so wichtig. Tanzen ist doch nur ein Vorwand.«

»Das ist es ja eben, was mich so aufregt. Wenn du mit jemandem tanzt, denkt der gleich, du willst ihn anmachen.«

»Sei nicht so kompliziert. Willst du etwa wieder den ganzen Abend mit einer Überdosis Cola in der Ecke sitzen?«

»Klar. Warum nicht?«

»Wenn du meinst, daß du so an ihn rankommst – mir ist das egal.«

»Hast du deiner Mutter schon Bescheid gesagt?«

»Nicht nötig. Sie fährt morgen abend zu einem Selbsterfahrungswochenende.«

»Zu einem was?«

»Zu einem Selbsterfahrungswochenende. Sie trifft sich

irgendwo in einem Schloß auf dem Land mit anderen, die auch ein Rad ab haben wie sie, um ihre Geburt noch einmal bewußt zu erleben oder so ähnlich. Wenn du mich fragst: Schlimmer, als es ist, kann's mit ihr kaum werden, vielleicht hilft's ja.«

»Ich wußte gar nicht, daß es so was gibt. Vielleicht wäre das auch was für mich.«

»Ich verstehe dich nicht, Julia.«

»Jetzt redest du schon wie meine Mutter.«

»Also dann – bis morgen. Nein, warte – hast du deinen Aufsatz schon geschrieben?«

»Nein, noch nicht mal angefangen.«

»Im Ernst? Ich auch nicht. Ich weiß gar nicht, was ich schreiben soll. So ein blödes Thema: ›Die Nacht‹. Gewöhnlich schlafe ich nachts, was soll ich da schon erzählen? Selbst mit einem Riesenrand krieg' ich nicht mehr als zwei Zeilen hin.«

»Also, mir gefällt das Thema sehr. Das läßt dir doch alle Freiheiten – schreib einfach über... na ja... über eine schlaflose Nacht oder so. Hast du schon mal nicht schlafen können?«

»Klar, schon oft.«

»Na also. Dann wird dir schon was einfallen.«

»Bist du noch zu retten? So was kann ich nicht erzählen. Weißt du, wie alt Madame Gobelin ist? Außerdem trägt sie Trauer. Nein, das kann ich ihr unmöglich antun. Lieber geb' ich gar nicht erst ab und behaupte

einfach, ich wäre die ganzen Ferien über krank gewesen.«
»Wie du willst. Salut – bis morgen.«

Ich nahm einen Bogen Papier aus meiner Mappe und fing an. Als meine Mutter mich zum Abendessen rief, saß ich gerade über dem fünften Bogen. Beim Abendessen ging's diesmal friedlich zu. Judith sang ein Lied vor, das sie heute in der Schule gelernt hatte, und Vater sagte, er habe einen Job bei Air France in Aussicht. Mein Vater als Stewardeß, dachte ich – das war der Witz des Jahres! Um halb zehn schrieb ich weiter, um Mitternacht schließlich las ich alles noch einmal durch. »Die Nacht« – was für ein tolles Thema! Ich war Madame Gobelin richtig dankbar. Bei diesem Thema konnte man wirklich alles loswerden. Vor mir lag in Zeilen gefaßt, was mir seit einem Monat durch den Kopf ging. Diese langen, vagen Sätze würden Madame Gobelin bestimmt nicht auf die Idee bringen, daß ich das alles selbst erlebt hatte. Ich hatte dafür gesorgt, daß der Leser seinen Blick nicht zu sehr auf meine Person richten würde. Ich sprach in Symbolen und Metaphern – gut getarnt sozusagen.
Blieb nur zu hoffen, daß ich morgen früh auf dem Weg zur Schule nicht von einem Auto überfahren würde. Dann wäre die ganze Mühe umsonst gewesen. Ansonsten mußte ich auf diese blöde Party warten wie ein

Verurteilter auf seinen Prozeß, um dort zitternd und Cola schlürfend meinem Schicksal ins Auge zu sehen. Nur noch zweiundvierzig Stunden bis zum Fest – eine lange Wartezeit! Ich fühlte mich wie ein Flugreisender, der zwischen Koffern und Taschen eingekeilt in der Wartehalle sitzt und plötzlich (ding-dong!) über Lautsprecher die Nachricht erhält, sein Flugzeug habe wegen technischer Probleme zweiundvierzig Stunden Verspätung. (Dabei stellte ich mir die Stimme meines Vaters im Lautsprecher vor. Er hatte nämlich inzwischen den Job bei der Air France bekommen.) Was für eine lange und doch auch wieder kurze Zeitspanne! Selbst wenn ich hundert Jahre lang Zeit gehabt hätte, meinem Schicksal ins Auge zu sehen, wäre mir das immer noch zu wenig gewesen. Was waren da zweiundvierzig Stunden für mich? Zwei Nächte (schlaflos oder nicht), eine Turnstunde (wieder diese dummen Gleichgewichtsübungen?), eine Stunde Mathe (wenigstens ein Lichtblick!), zwei Stunden Französisch, in denen ich vielleicht meinen Aufsatz vorlesen und damit mein Innerstes nach außen kehren mußte, zwei Stunden Kantinenessen, eine Stunde Erdkunde, eine Geschichte, eine Latein, eine Griechisch, dann heim, nicht ausruhen, rasch abendessen, wahrscheinlich nicht schlafen können, spät aufstehen, anziehen, und...

»Soll Papa dich mit dem Wagen hinfahren?«

»Nein danke, das ist nicht nötig. Ich nehme den Bus.«
»Sag mal, Johannas Mutter ist doch da?«
»Ja, ja natürlich ist sie zu Hause. Mach dir keine Sorgen.«
»Kannst du Judith nicht doch mitnehmen?«
»Mutter – das ist eine Party und kein Kinderfest!«
Es tat mir zwar leid, meine Schwester einen ganzen Samstagnachmittag lang allein lassen zu müssen, aber es war so schon schwierig genug für mich. Man stelle sich vor: Julia Fuchs im Cola-Rausch, ihre kleine Schwester unter dem linken, die Puppe Du stinkst unter dem rechten Arm – was für ein Anblick!
»Du hast recht, Liebes«, sagte meine Mutter, und ich mußte wieder über sie staunen. »Judith würde sich vielleicht nur langweilen. Dann gehe ich eben mit ihr ins Kino.«
Was hätte ich darum gegeben, heute noch einmal sechseinhalb Jahre alt zu sein und mit meiner Mutter »Dschungelbuch« oder »Schneewittchen« anschauen zu dürfen! Statt dessen war ich vierzehn und dazu verdonnert, vor den Augen aller – wie auf dem Marktplatz oder im Zoo – einen Jungen zu umarmen! Das war es wohl, warum jeder, sogar die Eltern, auf Partys abfuhr – nicht die Witze, das Essen und Trinken, die Musik oder die Gespräche, nein, die Tatsache, daß man im Dunkeln einem Jungen gegenüberstand und mit sich

machen lassen mußte, was dem gerade einfiel! Entsetzlich! Trotzdem – es gab kein Entrinnen mehr.

»Wie sehe ich aus, Mama?«

Ich hatte bis zuletzt gezögert, sie das zu fragen, denn erstens fürchtete ich mich vor ihrer Antwort, und zweitens würde sie aus der Tatsache, daß ich um mein Aussehen besorgt war, todsicher schließen, ich sei verliebt.

»Nicht schlecht«, meinte sie. »Ohne mir als Mutter allzuviel darauf einzubilden – du kannst dich sehen lassen. Ich habe immer gesagt, wenn du dir ein bißchen Mühe gibst, siehst du ganz hübsch aus. Was meinst du, Judith?«

Judith dachte ein bißchen nach und sagte dann mit listigem Lächeln: »Hm – ich glaube, Mitterrands Sohn wird deinen flauschigen Pullover mögen.«

Meine Mutter lächelte, als wollte sie sagen: »Ach ja, was Kinder nicht so alles reden...«

Dann sagte sie, wobei sie Judith liebevoll über den Kopf strich: »Also Kind, wo du das nur her hast... Übrigens ist das kein flauschiger Pullover, sondern ein Mohairpullover.«

Sie selbst hatte mir das edle Kleidungsstück geliehen. Noch mal, langsam, zum Mitschreiben: Meine Mutter hatte mir ihren Mohairpulli geliehen! Schon daß ich ihren Dufflecoat anziehen durfte, war eine mittlere Sensation. Aber daß sie mir ihren schönsten Pulli lei-

hen würde, den sie selbst noch nie getragen hatte, warf mich schier um. Langsam hegte ich den Verdacht, sie wolle mich loswerden. Eine Verschwörung mit meinem Vater vielleicht? Ich stellte mir vor, wie sie auf ihn einredete: »Weißt du, Schatz, ich finde, zu dritt ist es leichter, mit dem Arbeitslosengeld auszukommen. Judith ist noch zu jung, aber Julia... Allmählich können wir daran denken, sie zu verheiraten, findest du nicht?« Und mein Vater hatte wahrscheinlich, ohne richtig hinzuhören, ja gesagt, denn seit er wegen des neuen Jobs nicht nur die Butter, sondern manchmal auch noch das Brot wegließ und den ganzen Tag Kohldampf schob, war er zu schwach, nein zu sagen.
Ich schaute noch mal prüfend in den Spiegel. Der perlmuttgraue Pullover machte sich prima unter dem roten Mantel. Die Samthose war zwar nicht besonders, aber immer noch besser als der biedere Schottenrock. Die Stiefeletten paßten dazu, und die Frisur, die mir meine Mutter gemacht hatte, stand mir hervorragend, denn sie ließ meine sonst immer etwas wirren Haare schön glatt erscheinen.
»Also, ich gehe jetzt. Keine Angst, ich bleib' nicht zu lang.«
In Johannas Haus war alles abgedunkelt, die Vorhänge zugezogen. Es war noch kein Mensch da. Das Ganze wirkte wie eine Zirkusarena vor der Vorstellung. Alles war bereit: Schallplatten, Chips und Plastikbecher

standen in rauhen Mengen herum, die Kissen lagen auf dem Boden, die Möbel waren an die Wand gerückt worden, um Platz zum Tanzen zu schaffen. Schon glaubte ich den Trommelwirbel zu hören, der im Zirkus immer den Salto mortale ankündigt, und die Stimme des Conférenciers: »Und nun, meine Damen und Herren, sehen Sie Julia Fuchs, die Meisterin unter den Schlangenmenschen, wie sie bis an ihre Grenzen geht, das Unmögliche möglich macht. Ich bitte um Ruhe, diese Nummer erfordert höchste Konzentration.« Als ob es mit Konzentration allein getan wäre! Schon der bloße Anblick von Dämm-Material, Stereoanlage und farbigen Spots ließ meinen Magen rotieren. Mir standen die Haare zu Berge, mich fröstelte. Hier also, in dieser von Johannas geschickten Händen zur Partyhöhle umgebauten Wohnung, vor all meinen Mitschülern und unter dem unerbittlichen rhythmischen Stampfen der Funk-Klänge sollte sich mein Schicksal entscheiden, sollte es für mich um alles oder nichts gehen!

Johanna stand neben mir. »Was ist los, Julia? Willst du nicht deinen Mantel ausziehen?«

»Doch, doch«, stammelte ich und wand mich aus meiner Rüstung.

Johanna bestaunte meinen Mohair-Pullover: »Oho! Ich sehe, Familie Fuchs hat keine Kosten und Mühen gescheut!«

»Wie findest du ihn?«
»Er macht dich etwas älter, aber ansonsten...«
»Verdammt! Du meinst also, ich sehe lächerlich aus?« Ich war den Tränen nahe, konnte sie aber gerade noch zurückhalten. Ich betrachtete mich im Spiegel, der auf dem Kamin stand. »Scheiße! Ich sehe ja aus wie eine Nachrichtensprecherin!« Kritisch prüfte ich nun auch mein Profil. »Auch das noch! Hast du gesehen, Johanna?«
»Was denn?«
»Na, das hier.« Auf meiner sonst eher flachen Brust zeichneten sich zwei kleine Hügel ab, so als hätte ich zwei Mäuse unter dem grauen Pulli versteckt.
»Na und? Er liegt nicht zu eng an, dein Pulli – er läßt dich nur etwas reifer erscheinen.«
»Aber wie kommt denn das? Ich hab' doch noch nie solche Brüste gehabt!«
»Mach' dir nichts daraus. Ich hab' sie schon lange und lebe nicht schlecht damit. Außerdem hast du mich doch immer darum beneidet. Hast du nicht mal gesagt, du möchtest nicht mehr so flach sein wie ein... was war das noch mal?«
»Wie ein Bügelbrett, hab' ich gesagt. Damals dachte ich, keine weibliche Brust zu haben wäre das Schlimmste, was einem Mädchen passieren kann. Jetzt weiß ich, daß es etwas Schlimmeres gibt: eine zu haben.«
»Du hast nun mal eine, finde dich damit ab. Was ande-

res: Es ist schon zehn nach drei, und wir haben immer noch keine Strategie für dich festgelegt.«
»Wie bitte?«
»Na, wie du mit Paulus vorgehen willst. Was sagst du zum Beispiel, wenn er dich um einen Tanz bittet?«
»Glaubst du, das tut er?«
»Ich denke schon, warum nicht? Schließlich ist er doch dein Freund, oder?«
»Mein Freund, mein Freund. So'n Quatsch. Erstens habe ich ihn nicht gepachtet, und zweitens ist zwischen uns noch gar nichts passiert, wie du weißt.«
»Na eben. Deshalb kommt es ja heute so drauf an. Oder willst du warten, bis ihr beide alt und grau seid? Du willst also nicht tanzen. Was machst du, wenn er dich trotzdem fragt?«
»Zu was für einer Musik? Zu einem Slow?«
»Zu einem Slow oder einer anderen Musik – egal.«
»Ich sage ihm die Wahrheit: daß ich nicht tanzen kann.«
»Falsch. Das darfst du nicht tun.«
»Ist mir wurscht, was er denkt. Wenn er mich nicht so mag, wie ich bin, dann kann er mir gestohlen bleiben.«
»Halt, so wird das nichts. Sei nicht so kratzbürstig. Du liebst ihn doch, nicht wahr?«
»Ich weiß nicht. Kommt darauf an, was man darunter versteht.«

»Ich meine... denkst du an ihn, bevor du einschläfst?«
»Ja.«
»Na also. Wenn man jemanden liebt und ihn näher kennenlernen will, dann tanzt man eben auch mit ihm. Es bringt nichts, und du machst dich nur lächerlich, wenn du sagst, du kannst nicht tanzen.«
»Besser, ich mache mich lächerlich, als daß ich ihm dauernd auf die Füße trete.«
»Ach, mach' doch, was du willst. Ich verstehe dich einfach nicht.«
»Ich weiß, Johanna. Keiner versteht mich.«

Um halb vier waren fast alle da. Es gab zwanzig Flaschen Cola, zehn Tüten Chips, drei Packungen Kekse, Schokolade, Erdnüsse und eine Flasche Sekt – genug, um einer Belagerung standzuhalten. Ich würde mich also später getrost mit einer Flasche Cola und einer Tüte Salzstangen in die Ecke verziehen können. Fürs erste hielt ich es aber ganz gut aus, noch tanzte niemand. Das Licht war an, Nadine bereitete ein Spiel für uns vor: Sie hatte kleine Kuchen aus Blätterteig für jeden von uns gebacken, und wer als einziger eine Murmel in seinem Kuchen hatte, war der König und bekam einen Preis. Es war so friedlich wie auf einem Kindergeburtstag, ich brauchte keine Angst zu haben.
Auch Paulus war da. Er hatte mich freundlich, aber

unauffällig begrüßt. Natürlich hatte er keine anzügliche Bemerkung über meine Brustspitzen gemacht, er hatte sie nicht einmal gesehen. Nachdem er Johanna und mir die Hand geschüttelt hatte, plauderte er wieder mit Martin, während Johanna und ich uns noch einmal leise über unsere Strategie unterhielten.

»Also gut«, meinte ich, »wenn er mich auffordert zu tanzen, sage ich ja.«

»Goldrichtig«, antwortete sie. »Weißt du, daß du zu beneiden bist? Der Typ sieht echt spitze aus! Außerdem hat er was auf dem Kasten. Die Jungs, die was von mir wollen, sind meistens ziemlich blöd. Na ja, das ist vielleicht nicht so schlimm, weil ich auch kein großes Licht bin, aber manchmal würde ich auch gern mit einem wie ihm gehen.«

»Pfoten weg, Baby, oder ich mach' ein Sieb aus dir!« imitierte ich John Wayne. Johanna sah mich erstaunt an: Sie kannte keine Westernfilme, denn ihre Mutter hatte keinen Fernseher.

Ein Blick in die Runde bestätigte mir, daß es keinen vernünftigen Grund gab, Angst zu haben. Im Gegenteil, bis jetzt war alles recht unterhaltsam. Es war dieselbe Klasse, derselbe durcheinandergewürfelte Haufen wie heute früh, nur daß alle wie durch ein Wunder ihr Sonntagsgesicht aufhatten. Zwar trug diese Coralie Toquet wieder mal einen Minirock, der so eng war, daß sie weder gehen noch sich hinsetzen oder gar bükken konnte – die eitle Sylvie Guidon war à la Marilyn Monroe geschminkt, wartete, bis man sie ansprach und machte affektierte Sprechpausen (wobei sie wie in »Casablanca« betont lässig ihren Ellenbogen aufstützte) – und Nadine hatte sich die Wangen mit glitzerndem Puder bestäubt, damit jeder sah, daß sie auf einer Party war. Wieder mal standen Jungen und Mädchen getrennt voneinander, aber ansonsten war alles ganz in Ordnung.

Mulmig wurde mir erst, als Bertrand kam, Johannas Bruder und der Discjockey des heutigen Abends. Als er die erste Scheibe auflegte, blieb mir vorübergehend das Herz stehen. Ich sah, wie die anderen tanzten, ohne eine Miene zu verziehen – als ob es das Normalste der Welt wäre –, und war drauf und dran, mich aus dem Fenster zu stürzen. Da kam mir Bertrand, der mich beobachtet hatte, in letzter Minute zu Hilfe.

»Na, Julia? Tanzen ist wohl immer noch nicht dein Fall, wie?«

»Woher weißt du . . . ?«

»Von früher. Schon mit acht hast du nicht gern getanzt. Weißt du noch, wie ich dich auf einer Party aufgefordert habe?«

»Nein.«

»Also, das war so. Du warst acht und ich . . . achtzehn, glaube ich. Ich hab' dich um einen Tanz gebeten –

statt ja oder nein zu sagen, fingst du plötzlich zu heulen an. Du kannst dir vorstellen, wie erschrocken ich war.«

»Ja, so ist das nun mal – manche Gewohnheiten kann man nicht ablegen...«, antwortete ich etwas spitz. Es war mir peinlich, an ein Erlebnis erinnert zu werden, das ich anscheinend erfolgreich verdrängt hatte.

»Und sonst – wie geht's?«

Bertrand war ein echter Kumpel. Man konnte mit ihm über alles reden. Obwohl er viel älter als ich war, behandelte er mich nicht von oben herab, gab mir keine unerwünschten Ratschläge und unterbrach mich nicht andauernd, um seine eigene Story loszuwerden. Er hörte mir aufmerksam zu und sah mich dabei fortwährend an, so als wolle er alles, was ich ihm sagte, von meinen Lippen ablesen. Er stellte keine Fragen und behielt für sich, was man ihm erzählte. Er war der ideale Zuhörer. Natürlich fing ich jetzt nicht von Paulus an, aber ich erzählte ihm, was bei uns zu Hause los war – die Veränderungen im Wesen meiner Mutter, mein Vater als Stewardeß, Judith und ihre Sandkuchen. Es war gut, das alles loszuwerden, wenn ich ihm auch ins Ohr schreien mußte, weil die Musik so laut war. Martin vertrat Bertrand währenddessen als Discjockey. Er legte lauter schnelle, harte Nummern auf. Bald kamen alle ins Schwitzen. Aus dem Augenwinkel sah ich sie paarweise miteinander tanzen – Johanna mit

Yvan, Coralie mit Sébastien usw. Nadine tanzte allein. Zwischen ihren Beinen hindurch konnte ich Paulus sehen. Er saß jenseits der Tanzfläche auf dem Boden, vor sich eine Flasche Cola und eine Tüte Salzstangen. Sein Gesicht konnte ich nicht erkennen – es war meist von den anderen verdeckt –, und außerdem wollte ich nicht so auffällig hinübersehen. Die Baßfrequenzen der mörderisch harten Funk-Rhythmen schlugen mir in die Magengrube, aber – und das war das Komische – sie rissen mich auch mit. Ich wußte schon, warum ich diese Art Musik so ungern hörte. Sie verleitete einen zu tanzen, und Tanzen war für mich etwas Persönliches, das man nicht in der Öffentlichkeit tat: wie sich die Nase putzen, sich ausziehen oder Wasser lassen. Wenn ich andere tanzen sah, störte mich das nicht, aber was meine Person betraf, war es undenkbar, mich der Musik im Stehen richtig hinzugeben. Ich fürchtete, ich könnte dann in eine Art obszöne Trance verfallen. So unterhielt ich mich lieber weiterhin angeregt mit Bertrand und beobachtete dabei genau meine Schuhspitzen, ob sie sich nicht etwa bewegten.
Nach einer Stunde ging uns der Gesprächsstoff aus. Bertrand entschwebte mit der kessen Coralie; auch er war dem Reiz der Musik zum Opfer gefallen. Ich beugte mich etwas vor, um in der Masse sich bewegender, zuckender Arme und Beine nach Paulus Ausschau zu halten. Er saß noch immer im Schneider-

sitz auf dem Boden, fast unter dem Tisch, vor sich die halb geleerte Flasche Cola und ein paar übrige Salzstangen. Er sah nicht direkt traurig aus, aber er hatte dasselbe um Freundlichkeit bemühte Gesicht, mit dem ich auf Partys in der Ecke zu sitzen pflegte. Seine Augen wanderten von den Tanzenden zum Boden, von dort zur Decke und wieder zurück. Er war redlich bemüht, sich seine Langeweile nicht anmerken zu lassen. Sein Gesicht sprach Bände: »Nun ja, Tanzen liegt mir nicht, aber das macht ja nichts.«
Schließlich kam es, wie es kommen mußte – seine umherirrenden Augen blieben an dem einzigen Blick hängen, der ihnen nicht auswich, und das war meiner. Es war ein rätselhaftes Band der Sympathie, ein tiefes, zu Herzen gehendes Gefühl. Jeder wußte, wie dem anderen zumute war. Wir konnten nicht aufhören einander anzusehen, so als wollten sich unsere Augen allein miteinander unterhalten, als wäre alles um uns herum unwichtig geworden.
Es ging alles sehr schnell. Ich sah immer noch gedankenverloren in seine Richtung, da stand er schon neben mir. Er fragte nicht: »Möchtest du mit mir tanzen?«, ich sagte nicht »Ja« oder »Nein, ich tanze nicht.« Er nahm einfach meine Hand, zog mich hoch und legte den Arm um mich. Eine Sekunde lang berührten sich unsere Körper, dann tanzten wir. Warum mußte Martin ausgerechnet jetzt einen Schleicher auflegen? Das

sah ja fast nach Verschwörung aus! Bevor wir weitertanzten, nahm ich meine Brille ab und schob sie in meine Hosentasche.
»Warum nimmst du die Brille ab?« flüsterte mir Paulus ins Ohr.
Ich wußte nicht, was ich darauf antworten sollte. Irgend etwas zu sagen wäre mir lächerlich vorgekommen. Außerdem war ich wie gelähmt vom Gefühl seines Atems auf meiner Haut.
Er meinte: »Ich kenne dich nur mit Brille. Ich hab' mich daran gewöhnt, dich durch sie hindurch anzusehen. Ich habe nichts gegen sie.«
Ich überlegte, ob ich die Brille wieder aufsetzen sollte, aber dann dachte ich, das würde noch dümmer wirken. Außerdem verwirrte mich die Musik. Nicht nur, daß es ein langsames Lied war, zu dem man engumschlungen tanzen mußte – ich verstand auch noch den englischen Text, und Paulus, der in Englisch genausogut war wie ich, verstand ihn ebenfalls. Wäre ich in Martin verliebt gewesen, hätte das nichts zu bedeuten gehabt. Er wußte nicht mal, wie man »love« ausspricht, geschweige denn, wie man es schreibt. Aber Paulus wußte, daß ich wußte, was das heißt: »When a man loves a woman...« Ich wußte, daß auch in seinem Kopf die Wörter »man«, »love« und »woman« herumwirbelten und zu »Paulus liebt Julia« wurden. Am liebsten wäre ich gegangen, so sehr schämte ich mich. Um

mich abzulenken, konzentrierte ich mich auf den Rhythmus und versuchte, die Füße richtig zu setzen. Aber das war gar nicht so einfach. Paulus konnte noch weniger tanzen als ich, und so traten wir einander öfter auf die Füße. Jedesmal spürte ich, wie seine Hand auf meinem Rücken sich verkrampfte. Ich drückte mich stärker an ihn und versuchte, mit ihm eins zu werden. Das Gefühl, das mich dabei überkam, wurde so intensiv, daß ich Angst bekam, als ich zwischendurch zu ihm aufsah und merkte, daß er genauso verwirrt war wie ich. Er hatte ganz rote Augen, sein fest geschlossener Mund zitterte. Plötzlich erfaßte mich eine Art Panik. Ich rannte hinaus ins Freie.

Draußen goß es in Strömen. Die Regentropfen zerplatzten auf meinem glühenden Gesicht. Im Nu war mein schöner Mohairpulli völlig durchnäßt. Als ich den Saal fluchtartig verließ, dachte ich nicht mal mehr daran, meinen Dufflecoat anzuziehen. Ich war froh, wenigstens die Gummistiefel angezogen zu haben. Mit ihnen konnte ich auch auf dem nassen Asphalt rennen, ohne auszurutschen. Ich lief wie eine Besessene. Am liebsten hätte ich dabei vor Freude laut gesungen, aber das macht man höchstens in amerikanischen Musicals wie »Singin' in the rain...« oder anderen Filmen. Da aber keine Kamera in der Nähe war, lohnte sich das Gesinge nicht. Ich fing an zu weinen, das war bei diesem Wetter unauffälliger. Die Schleusen gingen auf, und die Tränen, die ich seit drei Wochen zurückgehalten hatte, brachen jetzt um so gewaltiger hervor. Ich schluchzte und schluckte und rannte zugleich. Die Markierungen auf dem Asphalt verschwanden unter mir, ich hatte die Illusion zu fliegen. Gerade als ich die Haustür erreichte, donnerte es gewaltig. Ich ging schnell ins Haus, denn ich habe Angst vor Gewittern.

Keuchend lehnte ich mich an die gelb gekachelte Wand der Eingangshalle und ließ mich auf den Fußabstreifer aus Stroh niedergleiten. Meine Tränen waren inzwischen versiegt, aber ich hatte immer noch einen hartnäckigen Schluckauf. Ich saß da und überlegte, was ich jetzt tun solle. Was würde meine Mutter sagen, wenn sie mich so, von oben bis unten durchnäßt, sähe? Und was würde sie davon halten, daß ihr edelster Pulli aufgeweicht, platt und unansehnlich geworden war? Gab es dafür überhaupt eine Entschuldigung?

Ich hatte nicht mehr die Zeit, mir das zu überlegen. Die Eingangstür ging auf, Mama und Judith kamen herein. Unter dem von Regenwasser triefenden Mantel meiner Mutter sahen die beiden wie ein Ungeheuer aus. Zuerst bemerkten sie mich nicht. Meine Mutter tastete im Dunkeln nach dem Lichtschalter.

»Julia!« rief sie erschrocken, nachdem sie beinahe über mich gestolpert wäre.

Gott sei Dank, sie war nicht wütend, nur völlig überrascht. Judith und sie waren im übrigen mindestens ebenso naß wie ich.
»Sag bloß, du hast auch vergessen, einen Regenschirm mitzunehmen«, lächelte sie und zog mich hoch.
Ohne eine einzige Frage führte sie Judith und mich ins Bad und sagte, wir sollten unsere nassen Sachen ausziehen und uns mit einem harten Handtuch tüchtig abreiben. Dann zog sie sich ebenfalls aus, und wir trockneten einander gegenseitig ab wie eine Eskimofamilie.
Dann sagte ich: »Ich hab' deinen Mantel bei Johanna liegenlassen.«
»Ich hab's gesehen. Macht nichts – Hauptsache, du weißt, wo.«
»Meinst du, dein guter Pulli wird es überstehen?«
»Ich denke schon. Wenn nicht, dann taugt er nicht viel. Dann ist es nicht schade um ihn.«
Judith mußte lachen.
»Es tut mir so leid, Mama.«
»Schon gut, Liebes. Ich war schließlich auch mal jung.«
Sie umarmte mich. Ich war verlegen. Wir waren normalerweise nie zärtlich zueinander. Außerdem behagte mir die Vorstellung nicht, daß sie auch einmal jung gewesen war, mit Jungen getanzt hatte und wo-

möglich wußte, was mir jetzt durch den Kopf ging. Auch wenn sie sich noch so sehr verändert – eine Mutter bleibt schließlich eine Mutter.

»Hallo, Julia?«
»Ja?«
»Ich bin's, Johanna.«
»Grüß dich. Wie geht's?«
»Och, es geht so... Und du? Was war denn gestern los mit dir?«
»Nichts Besonderes.«
»Warum bist du denn so plötzlich abgehauen, ohne dich von jemand zu verabschieden? Was hat dieser Paulus dir denn getan?«
»Nichts, es war nichts. Es war spät, und ich mußte heim, das ist alles. Hör mal, ich muß jetzt Schluß machen. Meine Ravioli werden sonst kalt.«
»Was? Du ißt schon wieder Ravioli? Bist du noch zu retten?«
»Warum nicht – Ravioli mit geschmolzenem Käse drüber.«
»Na gut, dann hör' ich jetzt auf. Also tschüß, bis Montag.«
»Tschüß, bis Montag.«

Am Montag morgen stand ich schon um fünf nach sieben vor dem Spiegel – fertig angezogen und frisiert. Ich

hatte kaum ein Auge zugemacht. Das ganze Wochenende über hatte ich mir immer wieder mein Abenteuer mit Paulus vom Samstagabend vergegenwärtigt. Zigmal schon hatte ich den Film in meinem Kopf ablaufen lassen, ihn immer wieder angehalten, ihm eine andere Wendung gegeben. Es war wie ein Traum. Mal forderte ich Paulus zum Tanzen auf, er nahm mich in die Arme, und wir fuhren in einem roten, offenen Cabrio hinaus aufs Land. Ein andermal sagte er mir, er habe nie jemanden so geliebt wie mich, nicht einmal seine Mutter. Dann wiederum stellte ich mir die Situation so vor, wie sie wirklich gewesen war, bekam eine Gänsehaut und konnte erst recht nicht mehr einschlafen.
Spieglein, Spieglein an der Wand, wer ist die Schönste im ganzen Land? Das interessierte mich heute schon nicht mehr so sehr. Ich hatte mich inzwischen daran gewöhnt, daß ich mein Äußeres so akzeptieren mußte, wie es nun mal war, und mir kein anderes aussuchen konnte. Daher unternahm ich auch bezüglich meiner Kleidung keine besonderen Anstrengungen mehr. Ich hatte lediglich unangenehm berührt zur Kenntnis genommen, daß mir der Büstenhalter Größe 75-A schon fast zu klein geworden war.
In siebzig Minuten würde ich Paulus wiedersehen. Um die Wartezeit zu verkürzen, las ich mehrmals »Die Herbstzeitlosen« von Apollinaire. Inzwischen war es mir egal, daß Paulus das Gedicht nicht selbst geschrie-

ben hatte. Es drückte jedenfalls genau aus, was ich fühlte: Gift bedeutete nicht, daß man starb, sondern es hieß, daß die Liebe so unergründlich war wie der Tod, wie Tante Gilda unter der Erde. Die Liebe war auch so stark wie der Tod, man verstand sie besser, wenn man auch das Phänomen Tod kannte. Das half mir, nicht zu aufgeregt zu sein, einen klaren Kopf zu bekommen und wieder frei zu atmen.
Als ich voll innerer Ungeduld die Schule betrat, war nichts so, wie ich es mir gedacht hatte. Die Wirklichkeit holte mich ein. Die Säle waren noch menschenleer, die Putzfrauen legten gerade letzte Hand an die Linoleumböden. Ich hatte nicht mehr an den Alltagstrott gedacht – die vielen Stunden, die Mitschüler, die Lehrerinnen und all das. Die schwarzen Tafeln und die Graffiti an den Wänden brachten den Schulalltag ins Bewußtsein zurück. Paulus und ich waren nicht Romeo und Julia. Paulus war nicht Apollinaire und ich nicht seine Herbstzeitlose oder sonstwas. Wir waren ganz einfach zwei Schüler des Edouard-Manet-Gymnasiums, 8. Klasse, mit den Fremdsprachen Englisch, Spanisch, Latein und Griechisch. Es gab soviel zu tun, Hausaufgaben in Mathe, Französisch und Erdkunde, Aufsätze, Protokolle usw. Wie sollten wir da noch Zeit füreinander haben? Würde unsere gegenseitige Zuneigung nicht vom Gewicht eines Alltags erdrückt werden, der keine Rücksicht auf uns nahm?

Wenig später kam auch Paulus ins Klassenzimmer, umgeben von einem lockeren Haufen Mitschüler, die alle den gleichen Schulranzen trugen. Als er mir kurz in die Augen sah, wußte ich, daß auch er fühlte, wie seine große Welle der Leidenschaft an den Ufern dieses immer gleichen, grüngrauen Linoleumbodens zerschlug. Verlegen lächelte er mir zu und nahm dann wie immer neben Martin Platz. Es ist schwer zu beschreiben: Ich hatte das Gefühl, von jetzt an sei alles sinnlos. Wir alle existierten kaum noch. Es gab nur noch die Stimme von Mademoiselle Hubas, der Erdkundelehrerin, die ankündigte, die für Ende Januar geplante große Arbeit müsse schon am nächsten Montag geschrieben werden, weil die Halbjahrszeugnis-Konferenzen vorgezogen worden seien. Wir saßen also schon wieder mitten im Zug nach Büffelhausen, bloß daß der Eilzug diesmal zum Transrapidzug wurde. Eigentlich hätte ich darauf gefaßt sein müssen – der Januar war immer der schlimmste Monat des Schuljahres. Man kam vor lauter Lernen kaum zum Atmen, das Wetter war durchgehend mies, der Frühling noch weit entfernt. Selbst beim Essen sprach man nicht viel – man schlang es hastig hinunter, mußte irgendwo noch was kopieren, sich etwas erklären lassen, und setzte sich mit seiner Nachspeise gleich wieder zum Arbeiten in den Aufenthaltsraum. Selbst Johanna, die sonst nie vom Büffelfieber gepackt wurde und für sich längst

entschieden hatte, daß sie es, wenn überhaupt, ohne Lernen zu etwas bringen wollte – selbst sie mußte jetzt ranklotzen oder zumindest so tun. Wenn sie zu uns halten und nicht außen vor sein wollte, mußte sie dem Herdentrieb folgen.
Zu Hause war es auch nicht erfreulicher. Meine Mutter war ständig in Eile. Sie hatte einen Halbtagsjob bei einer Freundin in einer Zeitschriftenredaktion angenommen und stürzte sich mit Feuereifer auf die neue Aufgabe. Wenn sie heimkam, erzählte sie nur noch von Briefings, Protokollen, Terminen, Buchungen, Vorträgen und Akten. Mein Vater absolvierte währenddessen seine Probezeit als Abteilungsleiter bei der Air France und hängte sich ebenfalls voll rein, um Eindruck zu schinden. Nur Judith war wie immer. Die einzigen schönen Momente in diesem tristen Januar waren, wenn wir mit Du stinkst spielten. Es war ein Spiel, das Judith selbst erfunden hatte und das ich hier nicht näher erklären möchte, weil das zu kompliziert wäre. Es hieß »Die Organisation« und nahm mich so sehr gefangen, daß ich für ein paar Stunden alles andere vergaß.

Gott sei Dank ging auch dieser Januar bald vorbei. Wir schrieben den 27., und ich stellte überrascht fest, daß ich kaum Zeit gefunden hatte, an Paulus zu denken. Dabei hatte ich mich manchmal sogar gelangweilt.

Aber es war eine dumpfe Langeweile gewesen. Ich war einfach zu erschöpft gewesen, um zu träumen oder an Liebe denken zu können. Die Wörter, die Generationen von ehemaligen Schülern in meine alte Bank graviert hatten, darunter auch das Wort »Liebe«, klangen leer und hohl für mich. Alle in der Klasse schienen sich selbst und einander fremd geworden, wie vom Zauberstab einer bösen Fee verhext. Ich hatte weiterhin gute Noten bekommen und gelernt, beim Turnen die Balance besser zu halten. Ich hatte gute Kenntnisse der französischen Literatur erworben, aber so richtig gelebt hatte ich nicht mehr. Damit meine ich, daß mein Innenleben ziemlich abgestorben war. Ich fühlte mich wie eine Schreib- und Rechenmaschine, nicht mehr wie ein junger Mensch. Auch den anderen erging es nicht besser: Die ganze Schule wirkte wie ein verwunschenes Schloß im Märchenschlaf.

Wir hatten Französisch. Plötzlich fiel mir wieder ein, daß die Gobelin uns heute den Aufsatz zurückgeben wollte, den über die Nacht. Traurig dachte ich an den Abend zurück, an dem ich meinen Aufsatz geschrieben hatte. Damals war ich noch voller Ideen und Lebenslust gewesen, hatte die Begegnung im »Galaxis« gerade hinter mir und die Party bei Johanna vor mir gehabt. Jedenfalls hatte ich eine Menge erzählen können. Heute kam es mir so vor, als wäre das alles nie passiert. Was während wir tanzten so erreichbar nah gewesen war, daß ich Angst davor bekommen hatte, lag nun für Paulus und mich in weiter Ferne. Wie ein Märchen, das einem gar nicht selbst passiert ist und das man nur vom Hörensagen her kennt.

Die Roboterstimme von Madame Gobelin ertönte:

»Es wurden zwischen drei und neunzehn Punkte erreicht (ein Raunen ging durch die Reihen); der Mittelwert liegt bei 7,75 Punkten. Das ist nicht gerade umwerfend.«

Bevor sie eine Arbeit herausgab, schlug uns Madame Gobelin immer solche Statistiken um die Ohren – wahrscheinlich, um die Spannung zu erhöhen. Seit sechs Jahren saß sie so da: in schwarzen, schon etwas zerknüllten Gewändern, und trauerte immer noch dem Tod ihres Mannes nach. Dabei sah sie trostloser aus als ein Friedhof bei strömendem Regen. Trotzdem hatte ich sie im Verdacht, die Herausgabe ihrer Aufsätze absichtlich spannend machen zu wollen. Ich vermutete nämlich stark, daß es sonst nichts Spannendes mehr in ihrem Leben gab.

»Fuchs!«

Ich fuhr zusammen, weil sie meinen Namen als ersten genannt hatte, und spürte instinktiv, daß ich es war, die die neunzehn Punkte bekommen hatte. Es konnte nicht anders sein. Trotzdem war ich überrascht: Die Gobelin benotete immer sehr streng, und bei ihr neunzehn von zwanzig erreichbaren Punkten zu bekom-

men war fast unmöglich. Es kam einer kleinen Sensation gleich.
»Sie brauchen nicht gleich rot zu werden, mein Kind.«
Du Miststück, dachte ich, mußt du das extra betonen, damit es auch der letzte merkt?
»Sie haben einen... wie soll ich sagen... außergewöhnlichen Aufsatz geschrieben. Ich habe Ihnen nur deshalb nicht zwanzig Punkte gegeben, weil ich das aus pädagogischen Gründen grundsätzlich nicht tue. Aber Sie hätten es verdient. Diesen Aufsatz zu lesen macht nicht nur Spaß, er kann einem auch... den Lebensmut zurückgeben.« Sie senkte den Kopf und hüstelte.
Die Klasse war wie gelähmt. Alle ließen den Unterkiefer hängen und schwiegen – und ich errötete immer mehr.
»Wenn Sie erlauben, lese ich Ihren Kameraden den Aufsatz vor.«
Alle starrten sie mich an, selbst die aus der letzten Reihe. Ich fühlte, wie ihre Blicke meinen Nacken durchbohrten. Ich dachte: Wenn ich jetzt nein sage, habe ich dic ganze Klasse gegen mich – nach dem Motto: Jetzt sollen wir sie wohl auch noch bewundern, weil sie nicht nur die Klassenbeste, sondern auch sooo bescheiden ist. Außerdem wollte ich, daß alle den Aufsatz zu hören kriegten. Dann würden sie endlich kapieren, daß ich nicht nur ein Kopfmensch war, sondern

auch Herz hatte – auch die, die mich nie hatten leiden können, weil ich mich einmal als einzige auf die Frage der Englischlehrerin, wer Englisch möge, gemeldet hatte. Sie sollten wissen, daß ich es genauso schwer, daß ich dieselben Ängste und Gefühle hatte wie sie. Ich lächelte verlegen, während ich innerlich triumphierte, und nickte kurz. Madame Gobelin interpretierte das als Zustimmung.
Sie las es allen laut vor. Mein Leben. Sieben Bögen voll.
Natürlich ein bißchen durch Metaphern verhüllt, aber eben doch mein Leben. Jeder spürte das. Die klare, feierliche Stimme von Madame Gobelin ließ keinen Zweifel daran aufkommen. Vor der Klasse zog sie mich nackt aus, stülpte mein Inneres nach außen. Mir wurde immer mulmiger, je länger sie las. Ich hatte längst den genauen Inhalt meines Aufsatzes vergessen und hörte ihn, als wäre es das erste Mal. Es tat sehr weh, an diese glückliche Zeit des Verliebtseins erinnert zu werden – es war, als würde man einem Kind, das gerade eine atomare Katastrophe erlebt hat, den Film »Bambi« zeigen. Ich fühlte, so würde es nie mehr werden.
Als Madame Gobelin den Aufsatz zu Ende vorgelesen hatte und vom Lehrerpodest stieg, um ihn mir zurückzugeben, wagte ich nicht, den Kopf zu heben. Ich fühlte Scham und zugleich Stolz in mir aufsteigen. Am liebsten hätte ich mich irgendwohin verkrochen. Mein

Herzklopfen war lauter als der Applaus der gesamten Klasse. Es war, wie man so sagt, ein Erfolg für mich. Sie meinten: »Genial«, »Du solltest Schriftstellerin werden!«, »Wie hast du das gemacht?« usw.
Immer lauter redeten sie durcheinander und riefen mir Komplimente zu – auf einmal war ich der Liebling der Klasse. Leute, die mich jahrelang links liegengelassen hatten, ja nicht einmal meinen Vornamen wußten, seit Monaten nicht mehr mit mir gesprochen hatten, sie beglückwünschten mich jetzt. Ich vernahm sogar die Stimme von Sylvie Guidon und verstand, warum sie so wenig wie möglich sprach: Ihre Fistelstimme paßte so gar nicht zu ihrem sonstigen Auftreten als Sexsymbol. Alle liebten mich, ich war der Star – aber mich ließ das kalt. Das einzige, was ich wollte, war, daß Paulus und ich wieder an diese Zeit anknüpfen konnten, an dieses magische »Er liebt mich – er liebt mich nicht«-Spiel. Ich wollte, daß er mich ansah, ich wollte in seinen Augen lesen, daß noch mal alles möglich wäre zwischen uns. Langsam hob ich den Kopf, lächelte meine Klassenkameraden an und versuchte, durch sie und durch meine dicken Brillengläser hindurch zu Paulus hinüberzusehen. Er saß da, eine Reihe hinter mir – stumm, ohne mich anzusehen, den Kopf in den Händen. Um nicht weinen zu müssen, ballte ich die Fäuste. Meine Augen brannten. Ich war todunglücklich und wußte auf einmal, was Liebeskummer ist.

»Ruhe!« rief Madame Gobelin. »Ruhe, bitte! Julia (das war das erste Mal, daß sie mich beim Vornamen nannte), das, was Sie da geschrieben haben, beeindruckt mich sehr. Ich weiß nicht, ob Sie eines Tages Berufsschriftstellerin werden können oder wollen, wie Ihre jungen Mitschüler jetzt im Überschwang der Gefühle meinen. Nicht das Literarische ist es, was Ihren Text so einmalig macht, wenn Sie wissen, was ich meine, sondern die erstaunliche Ehrlichkeit und die Genauigkeit, mit der Sie die Gefühle dieser Person ... äh, Ihre eigenen Gefühle ... beschreiben.«
Hätten Sie bloß geschwiegen, Madame Gobelin, dachte ich. Jetzt verglich sie mich in etwa mit Anne Frank. Das war zwar nicht schlecht, aber im Ruhmesrausch hatte ich mir schon ausgemalt, eine eigene Fernsehsendung zu bekommen oder gar neben Victor Hugo im Pantheon begraben zu werden. Für den Rest der Stunde strafte ich sie mit Verachtung.
Die Schulglocke läutete, und einige Mitschüler stürzten sich auf mich wie Autogrammjäger. Sie meinten, mein Aufsatz hätte sie sehr bewegt. Nadine drückte mir lediglich schweigend die Hand, um anzudeuten, sie allein habe die »versteckte Botschaft des Waisenkindes« verstanden. Johanna sagte, ich würde ihr als Musterschülerin langsam unheimlich; sie fragte mich, ob sie sich nicht auch eine Brille zulegen solle, um intelligenter auszusehen.

Ich war noch dabei, meine Sachen für die nächste Stunde auszupacken, da stand Paulus plötzlich vor mir. Der Typ hatte echt die Gabe, aus dem Nichts aufzutauchen. Ich mußte laut schlucken, so laut, daß ich dachte, die Wände würden gleich beben. Bilde dir jetzt bloß nichts ein, Julia! ermahnte ich mich selbst. Blitzschnell hatte ich eine hohe Betonmauer um meine Gefühle errichtet. Ich dachte: Wahrscheinlich war für ihn alles nur ein Spiel oder eine Wette mit Freunden oder so. Außerdem ist doch nach außen hin gar nicht viel passiert. Überall auf der Welt tanzen Menschen mit anderen Menschen, ohne daß das viel bedeuten muß. Bestimmt ist er nur gekommen, um dir zu sagen, daß du gut schreiben kannst, und dich danach mit deinem Liebeskummer sitzen zu lassen.
Er fragte: »Möchtest du mit mir in den Park von Choisy gehen?«
»Wie, jetzt gleich?«
»Ja.«
»Aber wir haben doch Spanisch.«
»Ist doch egal. Komm, gehen wir.«
Das ließ ich mir nicht zweimal sagen. Es war höhere Gewalt. Ich stopfte mein Federmäppchen wieder in den Schulranzen und ging mit Paulus aus dem Klassenzimmer. Ich wagte nicht, ihm ins Gesicht zu sehen. Seine Augen starrten auf die schwarzen Schuhe, mit denen er auch auf der Beerdigung seiner Großmutter

gewesen war. Er sah mich nicht an, und das war gut so. Ich glaube, ich hätte es jetzt nicht ausgehalten. Wortlos verließen wir beide das Schulgelände. Unwillkürlich dachte ich: Warum hat er mich nicht schon lange hier herausgeholt? Wie haben wir es ertragen, einen Monat lang nicht mehr zu leben? Warum erscheint plötzlich alles so einfach?

Paulus öffnete das Eingangstor zum Park. Er hielt es nicht lange genug für mich auf, es federte zurück und schlug gegen mein Schienbein. Fast hätte er sich zu mir umgedreht, um nachzusehen, ob ich mir nicht wehgetan hatte, aber etwas, das stärker war, hielt ihn davon ab. Es war ihm unmöglich, mich anzusehen. Ich verstand: Wenn einer von uns jetzt eine falsche Bewegung machte, war alles für immer verloren.

Er setzte sich auf eine Parkbank. Ich nahm neben ihm Platz. Zu dieser Zeit war kaum jemand hier. Es war erst zehn Uhr morgens und noch nicht richtig hell, der Himmel grau und wolkenverhangen. Fröstelnd zählte ich die weißen Kieselsteine im gelben Sand zwischen meinen Füßen. Er legte eine Hand flach auf die Bank. Ich konnte sie aus den Augenwinkeln heraus sehen. Die sehnige Hand sah aus wie ein Blatt, das vom Baum gefallen war. Ich zitterte.

»Eines Tages«, erzählte er mit einer seltsamen Stimme, die gar nicht ihm zu gehören schien, »eines Tages, am 20. November, kamen wir Jungen vom Sportplatz zu-

rück. Im Schulhof trafen wir auf euch Mädchen. Du sahst mich an. Wir hatten Handball gespielt. Ich kann Handball nicht ausstehen. An diesem Morgen hatte ich einen Ball mit voller Wucht an die Schläfe bekommen. Meine Augenbraue war aufgeplatzt und blutete wie bei einem Boxer. Du sahst mich an. Du wußtest nicht, daß ich dich sehen konnte. Dein Blick... vielleicht kannst du dich nicht mehr daran erinnern, aber ich werde mein Leben lang nicht mehr vergessen, wie du mich damals angesehen hast.«
Er hatte recht, ich hatte es völlig vergessen, und die Szene fiel mir erst jetzt wieder ein, aber das war nicht wichtig. Paulus hätte in diesem Moment alles mögliche sagen können. Seine Stimme war so anders, so tief und zärtlich – sie drang am Gehirn vorbei direkt in mein Herz. Es klingt komisch, aber ihre dunklen Schwingungen beruhigten mich, und ich verstand sie instinktiv, ähnlich wie sich die Wale unterhalten. Ich hörte auf zu zittern, schloß die Augen und machte etwas Verrücktes – ich ergriff seine Hand. Seine Hand, die neben mir lag und wegen ihrer Zartheit und Nervigkeit wie ein Baumblatt aussah. Ich drückte sie und hielt sie fest, und auf einmal war ich innerlich ganz ruhig. Alle Spannungen lösten sich, mein Körper wurde frei von Angst, und ich hatte nur noch den einen Gedanken: Hoffentlich umarmt er mich gleich!

Quellen:

Die Herbstzeitlose, S. 26, aus:
Guillaume Apollinaire, Alkohol. Gedichte französisch-deutsch.
Sammlung Luchterhand, Darmstadt 1976.
Übersetzung: Johannes Hübner und Lothar Klüner, S. 43.

Der Tintenfisch, S. 27.
Poetische Werke – Œuvres poétiques
ausgewählt und herausgegeben von Gerd Henninger,
Johannes Hübner und Lothar Klüner.
Luchterhand, Darmstadt 1969. S. 36.